Filikadaki Yabancı

NEMESİS KİTAP / Roman
Yayın Numarası: 695

Filikadaki Yabancı Mitch Albom

Kitabın Özgün Adı: The Stranger in the Lifeboat
Çeviren: Rabia Bayram

Yayın Yönetmeni: Serap Çakır
Yayın Koordinatörü: Melih Günaydın
Editör: Merve Mumcu
Kapak Tasarımı: Cem Özcan
Sayfa Düzeni: Pınar Şeker
Sosyal Medya: Damla Tuzcu

© Nemesis Kitap, 2023 © ASOP, Inc, 2021
Bu kitabın yayın hakları Akcalı Telif Hakları Ajansı aracılığıyla alınmıştır. Tanıtım için yapılacak kısa alıntılar dışında yayıncının izni olmaksızın hiçbir yolla çoğaltılamaz.

ISBN: 978-625-6947-15-3
Baskı: Şubat 2023

Nemesis Kitap:
Gümüşsuyu Mah. Osmanlı Sok. Osmanlı İş Merkezi 18/9 Beyoğlu/İstanbul
Tel.: (0212) 222 10 66 info@nemesiskitap.com • www.nemesiskitap.com
Sertifika No: 49065

Baskı ve Cilt:
Yıldız Mücellit Matb. ve Yay. San. Tic. A.Ş.
Maltepe Mah. Gümüşsuyu Cad. Dalgıç Çarşısı Apt. No: 3/4
Zeytinburnu/İstanbul
Tel.: 0212 613 17 33 Faks.: 0212 501 31 17
Sertifika No: 46025

Mitch Albom

Filikadaki Yabancı

Çeviren: Rabia Bayram

Mitch Albom
Mitch Albom, uluslararası üne sahip bir yazar, gazeteci, senarist, oyun yazarı, yayıncı ve müzisyendir. *New York Times* çoksatanlar listesinde yedi farklı kitabı vardır. Kitapları dünya çapında kırk milyondan fazla sattı ve kırk dokuz ülkede, kırk yedi farklı dilde yayımlandı. Kitapları, Emmy ödüllü ve eleştirmenlerden tam not alan televizyon dizilerine uyarlandı.

Albom, SAY Detroit adı altında dokuz farklı hayır kurumu yönetiyor. Ayrıca, Haiti'de Port-au-Prince'de her ay ziyaret ettiği Have Faith Yetimhanesi'ni yönetmektedir. Yazar, eşi Janine'yle birlikte Michigan'da yaşıyor.

Rabia Bayram
1993 senesinde Almanya'da doğdu. Yeditepe Üniversitesi İngilizce Öğretmenliği lisans programını ve yine aynı üniversitede İngiliz Dili Eğitimi yüksek lisans programını tamamladı. Marmara Üniversitesi'nde öğretim görevlisi olarak çalışmanın yanı sıra çeşitli yayınevleri için roman çevirileri yapmaktadır.

Bu bir kurgu eserdir. İsimler, karakterler, yerler ve olaylar yazarın hayal gücünün ürünüdür veya hayali olarak kullanılmıştır. Gerçek olarak yorumlanmamalıdır. Yaşayan veya ölü kişilere, olaylara, mekânlara veya kuruluşlara herhangi bir benzerlik tamamen tesadüfidir.

Bana inancın baş döndürücü gücünü her geçen gün hatırlatan Janine, Trisha ve Connie'ye...

Bir

Deniz

Onu sudan çıkardığımızda bedeninde bir çizik bile yoktu. Fark ettiğim ilk şey buydu. Geri kalanımız yara bere içindeydik ama o, pürüzsüz badem rengi derisi ve deniz suyuyla keçeleşmiş kalın telli, koyu renkli saçlarıyla yara almamış görünüyordu. Üzerine bir şey giymemişti. Kaslı biri sayılmazdı, belki yirmi yaşlarındaydı ve gözleri, tropikal bir tatil hayal ettiğinizde okyanusun gözünüzde canlanan rengi olan uçuk maviydi; içinde olduğumuz kalabalık filikayı saran ve açık bir mezar gibi bizi bekleyen bu sonsuz gri dalgaların tonunda değildi.

Böylesi bir umutsuzluk içinde olduğum için bağışla beni, sevgilim. *Galaxy* batalı üç gün oldu. Bizi aramaya kimseler gelmedi. Yine de kurtuluşumuzun yakın olduğuna inanarak pozitif kalmaya çalışıyorum. Ancak yiyecek ve su sıkıntısı yaşıyoruz. Etrafımızda köpekbalıkları gördük. Teknedeki çoğu kişinin gözlerinde teslimiyet görüyorum. *Öleceğiz,* kelimesi çok sık tekrarlanmaya başladı.

Eğer böyle olacaksa –bu gerçekten de sonum olacaksa– o zaman ben gittikten sonra bir şekilde okuyabilirsin umuduyla bu defterin sayfalarını dolduruyorum, Annabelle. Sana ve dünyaya anlatmam gereken şeyler var.

O gece neden *Galaxy*'de olduğumla, Dobby'nin planıyla ya da ne yaşandığından tam olarak emin olamasam da bir şekilde patlayan yatla ilgili derin suçluluk duygumla başlayabilirdim. Fakat hikâye, o genç yabancıyı sudan çıkardığımız bu sabahla başlamalı. Ne can yeleği giyiyordu ne de onu dalgalar arasında mücadele verirken fark ettiğimizde bir şeye tutunuyordu. Onu filikaya alıp biraz nefeslenmesini bekledik ve filikadaki yerlerimizden kendimizi ona tanıttık.

Önce Lambert, patronumuz, konuştu ve "Jason Lambert, *Galaxy*'nin sahibi benim," dedi. Sonra batan gemiden kaçmaya çalışırken bacağını yaraladığı için uygun bir karşılama yapmak için ayağa kalkamadığını söyleyerek özür dileyen uzun boylu İngiliz Nevin devam etti. Geri yalnızca başını salladı ve adamı sudan çekmek için kullandığı ipi tortop etti. Yannis hafifçe tokalaştı. Nina, "Merhaba," diye mırıldandı. Hindistanlı Bayan Laghari hiçbir şey söylemedi; yeni gelene güvenmiyor gibiydi. Haitili aşçı Philippe gülümsedi ve "Hoş geldin kardeşim," dedi ama elini uyuyan karısı Bernadette'in omzundan ayırmadı. Karısı sanırım patlamada ağır yaralanmıştı. Okyanusta bir şezlonga tutunmuş halde bulduğumuzdan beri konuşmayan ve adını Alice koyduğumuz küçük kız sessiz kalmıştı.

En son ben konuştum. "Benji," dedim. "Benim adım Benji." Nedense sesim çatlamıştı.

Yabancının bir cevap vermesini bekliyorduk ama yalnızca masum gözlerle bize bakıyordu. Lambert, "Muhtemelen şoktadır," dedi. Nevin, belki de yüksek sesle konuşmanın aklını başına getireceğini düşünerek, "Ne zamandır sudasınız?" diye sordu bağırarak. Adam cevap vermeyince Nina omzuna dokunup, "Tanrı'ya şükür seni bulduk," dedi.

İşte o zaman, adam nihayet konuştu.

"Tanrı *benim*," dedi fısıldayarak.

Kara

Komiser sigarasını söndürdü. Sandalyesi gıcırdadı. Bu Montserrat sabahında hava çoktan ısınmıştı ve kolalı beyaz gömleği sırtına yapışmıştı. Şakakları akşamdan kalma olmanın verdiği sersemlikle zonkluyordu. Karakola vardığında kendisini bir süredir bekleyen zayıf, sakallı adama baktı.

"Yeniden başlayalım," dedi komiser.

Pazar günüydü. Çağrı geldiğinde yatağındaydı. *Karakolda bir adam var. Patlayan Amerikan yatına ait bir sal bulduğunu söylüyor.* Komiser mırıldanarak küfretti. Karısı Patrice inledi ve yastığının üzerine yuvarlandı.

"Dün gece eve kaçta geldin?" diye mırıldandı.

"Geç."

"Ne kadar geç?"

Karısına cevap vermeden üzerini giymiş, kahvesini yapmış ve karton bardağa doldurmuştu. Evden çıkmak üzereyken ayak başparmağını kapı kenarına çarpmıştı. Canı hâlâ acıyordu.

"Adım Jarty LeFleur," dedi masanın karşısındaki adamı ölçerek. "Adanın başkomiseriyim. Sizin adınız da..."

"Rom, komiserim."

"Bir soyadın var mı Rom?"

"Evet, komiserim."

LeFleur iç çekti. "Nedir peki?"

"Rosh, komiserim."

LeFleur not aldı, ardından bir sigara daha yaktı. Başını ovdu. Bir aspirine ihtiyacı vardı.

"Demek bir sal buldun, Rom?"

"Evet, komiserim."

"Nerede?"

"Marguerita koyunda."

"Ne zaman?"

"Dün."

LeFleur başını kaldırdı ve adamı kendisinin, karısının ve küçük kızlarının bir plaj havlusu üzerinde çekilmiş fotoğrafına bakarken yakaladı.

"Aileniz mi?" diye sordu Rom.

LeFleur, "Fotoğrafa değil," diye parladı. "Bana bak. Şu sal. *Galaxy*'den olduğunu nasıl anladın?"

"İçinde yazılı."

"Sen de öylece, kıyıya vurmuş bir şekilde buluverdin?"

"Evet, komiserim."

"İçinde kimse yok muydu?"

"Yoktu, komiserim."

LeFleur ter içindeydi. Masasının üzerindeki pervaneyi biraz daha yakınına çekti. Adamın anlattığı hikâye akla yatıyordu. Her türden eşya kuzey tarafında kıyıya vururdu. Valizler, paraşütler, uyuşturucular, dalgalara kapılıp Kuzey Atlantik boyunca sürüklenen balık tutmaya yarayan mekanizmalar.

Gel-git yüzünden kıyıya vuran şeylere şaşmamak gerekirdi. Ama *Galaxy*'den bir sal? Bu, önemli bir olay olabilirdi. Geçen sene Batı Afrika kıyıları açıklarında, Cape Verde'den elli mil uzakta batan devasa lüks yat. Yatta zengin ve ünlü insanların olması, bu olayın dünya çapında haberlerde yer almasının en büyük sebebiydi. Hiçbiri bulunamamıştı.

LeFleur ileri geri sallandı. Filika kendi kendini şişirmiş olamazdı. Belki de yetkililer yanılıyordu. Belki de, kısa süreliğine bile olsa, birileri *Galaxy* trajedisinden sağ çıkmıştı.

"Pekâlâ, Rom," dedi sigarasını söndürerek. "Hadi, gidip bir bakalım."

Deniz

"Ben *Tanrı'yım*."
Böyle bir şeye nasıl cevap verirsin, sevgilim? Normal şartlar altında ya gülersin ya da tiye alırsın. *Demek Tanrısın? O zaman içkiler senden.* Ama okyanusun orta yerinde, susamış ve aciz bir halde beklerken, dürüst olmak gerekirse bu sözleri sinirlerimi bozmuştu.
Nina, "Az önce ne dedi?" diye fısıldadı.
"*Tanrı* olduğunu söyledi," diyerek alay etti Lambert.
"Bir adın var mı Tanrı?" Soruyu soran Yannis'di.
"Benim birçok adım var," dedi yabancı. Sesi sakin ama boğuktu, neredeyse duyulamayacak kadar kısıktı.
Bayan Laghari, "Ve üç gündür yüzüyorsun?" diye araya girdi. "Bu mümkün değil."
"Bayan Laghari haklı," dedi Geri. "Su sıcaklığı on dokuz derece. Bu ısıda suda üç gün yaşamış olamazsın."

Geri, aramızda denizle ilgili en çok deneyime sahip olan kişiydi. Küçükken olimpik yüzücüymüş ve konuyla ilgili bilgi sahibi olduğunu ima eden bir tavrı var; kendinden emin, net ve aptalca sorulara karşı toleransı yok. Bu da onun sözünü dinlemelerine neden oluyordu.

Nevin, "BİR ŞEYE TUTUNARAK MI YÜZDÜN?" diye bağırdı.

"Tanrı aşkına, Nevin," dedi Yannis, "adam sağır değil."

Yabancı, "Tanrı aşkına," dediğinde Yannis'e baktı. Yannis, sanki sarf ettiği kelimeleri yutmak istercesine ağzını kapattı.

"Gerçek hikâyeniz nedir, bayım?" dedi Lambert.

"Geldim, buradayım," dedi yabancı.

"Neden geldiniz?"

"Beni çağırmadınız mı?"

Birbirimize baktık. Acınası halde bir grup insandık. Güneşten kavrulmuş yüzler, tuzlu suyla sertleşmiş kıyafetler… Birinin üstüne çullanmadan tam olarak ayağa kalkamıyorduk ve zemin kauçuk, yapıştırıcı ve kusmuk kokuyordu. İlk gece dalgalar arasında mücadele verirken veya ilerleyen günlerde boş ufku seyrederken, çoğumuzun bir şekilde ilahi bir müdahale için feryat ettiği doğruydu. *Lütfen, Tanrım! Bize yardım et, Tanrım!* Bu yeni adamın gelişi buna mı işaretti? *Beni çağırmadınız mı?* Bildiğin gibi Annabelle, hayatımın büyük bir kısmını inancı sorgulayarak geçirdim. Birçok İrlandalı çocuk gibi ben de itaatkâr bir sunak çocuğuydum, fakat kiliseyle yollarımız yıllar önce ayrıldı. Annemle ilgili yaşananlar. Seninle ilgili yaşananlar. Ziyadesiyle hayal kırıklığı… Yetersiz huzur…

Ama yine de hiçbir zaman ya Tanrı'yı çağırırsam ve O gerçekten karşımda beliriverirse ne yapardım diye düşünmemiştim.

"Paylaşabileceğiniz suyunuz var mı?" diye sordu adam.

Lambert, "Tanrı susadı mı yani?" diye sordu gülerek. "Müthiş. Başka bir isteğin?"

"Yiyecek bir şey?"

"Bu çok aptalca," diye söylendi Bayan Laghari. "Apaçık ki bizimle dalga geçiyor."

Nina aniden, "Hayır!" diye bağırdı, yüzü terslenmiş bir çocuk gibi buruşmuştu. "Bırakın anlatsın." Adama doğru döndü. "Bizi kurtarmaya mı geldin?"

Adamın sesi yumuşadı. "Bunu yalnızca," dedi, "buradaki herkes benim söylediğim kişi olduğuma inanırsa yapabilirim."

Kimse kımıldamadı. Filikanın yanına vuran suyun sesi duyuluyordu. Nihayet bu tip konuşmalar için fazla mantıklı olan Geri, bunalmış bir öğretmen gibi tüm grubu süzdü.

"Pekâlâ, dostum," dedi, "bu olduğunda bize de haber verirsin. O zamana kadar erzakımızı tayin etsek iyi olur."

Haberler

MUHABİR: *Ben Valerie Cortez, Jason Lambert'in göz alıcı güzellikteki yatı Galaxy'den bildiriyorum. Milyarder işinsanı, bir haftalık seyahat için dünyanın en büyük isimlerinden bazılarını bir araya getirdi ve kendisi şu an bizimle. Merhaba, Jason.*
LAMBERT: *Hoş geldin, Valerie.*
MUHABİR: *Bu şaşalı seyahatin adını "Muazzam Fikir" koydunuz. Neden?*
LAMBERT: *Çünkü bu teknedeki herkes muazzam bir şey yaptı, endüstrilerini, ülkelerini ve belki de gezegeni şekillendirecek bir şey. Aramızda teknoloji liderleri, işinsanları, siyasi liderler ve eğlence dünyasından öncü isimler var. Hepsi de büyük fikirli insanlar.*
MUHABİR: *Sektörün önde gelen isimleri, sizin gibi.*
LAMBERT: *Yani, ha ha! Orasını bilemeyeceğim.*

MUHABİR: *Peki bu insanları niçin bir araya getirdiniz?*
LAMBERT: *Valerie, bu iki yüz milyon dolarlık bir tekne. Sanırım iyi vakit geçirmek zor olmamalı!*
MUHABİR: *Kesinlikle!*
LAMBERT: *Hayır, ciddiyim. Böyle fikir insanları, diğer fikir insanlarıyla bir arada olmalı. Dünyayı değiştirmek için birbirlerine ilham veriyorlar.*
MUHABİR: *Yani bu, İsviçre Davos'taki Dünya Ekonomik Forumu gibi bir şey mi?*
LAMBERT: *Aynen. Ama daha eğlenceli versiyonu, su üzerinde.*
MUHABİR: *Ve umudunuz bu seyahat sonrasında muazzam fikirler çıkması?*
LAMBERT: *Bu ve biraz da kaliteli akşamdan kalmalar.*
MUHABİR: *Akşamdan kalma mı dediniz?*
LAMBERT: *Partisiz hayat mı olur, Valerie? Haksız mıyım?*

Deniz

Lambert kusuyor. Dizlerinin üstüne çökmüş, yan tarafa doğru eğiliyor. Bedeninin şişman orta kısmı tişörtünden dışarı fırlamış, göbek çevresi oldukça kıllı. Kusmuğunun bir kısmı yüzüne geldiği için inliyor.

Akşam oldu. Deniz dalgalı. Diğerlerinin de midesi bulanıyor. Rüzgâr çok hiddetli. Belki yağmur yağar. *Galaxy* battığından beri hiç yağmur yağmadı.

Geriye dönüp baktığımda düşünüyorum da o ilk sabah yine de umutluyduk; yaşananlardan ötürü şoktaydık ama hayatta olduğumuz için minnettardık. Tekneden on kişi kendimizi filikaya atmayı başarmıştık. Arama kurtarma uçaklarından bahsettik. Ufku taradık.

Bayan Laghari bir araba yarışı oyunu başlatıyormuş gibi bir anda, "Aramızdan kimlerin çocuğu var?" diye sordu. "Şahsen benim iki tane var. Artık yetişkinler."

"Üç," dedi Nevin.
Lambert, "Beş," diye devam etti. "Yendim seni."
"Peki ama kaç tane eşin var?" diye takıldı Nevin.
"Soru bu değildi," dedi Lambert.
"Çocuk yapamayacak kadar meşguldüm," dedi Yannis.
"Benim için henüz erken," dedi Nina.
"Eşin var mı?" diye sordu Bayan Laghari.
"İhtiyacım var mı ki?"
Bayan Laghari güldü. "Yani, benim olmuştu! Her neyse, senin o konuyla ilgili sorun yaşayacağını sanmam."
"Bizim dört tane oğlumuz var," dedi Jean Philippe herkese duyurmak istercesine. Elini dinlenmekte olan eşinin üzerine koydu. "Bernadette ve ben. Dört akıllı oğlan." Bana döndü. "Peki ya sen, Benji?"
"Çocuğum yok, Jean Philippe."
"Eşin var mı?"
Tereddüt ettim.
"Evet."
"Öyleyse eve döndüğümüzde çocuk hazırlıklarına başlayabilirsin."

Yüzü kocaman bir gülümsemeyle ışıldadı ve filikadakiler güldü. Ama gün ilerledikçe dalgalar hırçınlaşmaya başladı ve hepimizi deniz tuttu. Akşam olduğunda ortama hâkim olan hava değişmişti. Bir haftadır buradaymışız gibi hissediyordum. Küçük Alice'i Nina'nın kucağında uyurken gördüğümü ve Nina'nın yüzünün gözyaşlarıyla ıslandığını hatırlıyordum. Nina "Ya bizi *bulamazlarsa*?" diye hafif iniltilerle ağlarken Bayan Laghari onun elini tutuyordu.

Ya bulamazlarsa? Geri, elinde bir pusulası olmadan yıldızlara bakarak yönümüzü tayin etmeye çalışıyordu. Ona göre güneybatı yönüne, Cape Verde'den uzağa, uçsuz bucaksız Atlantik'e doğru ilerliyoruz. Bu iyiye işaret değil.

Bu sırada, doğrudan güneş ışığından kaçınmak için vaktimizi teknenin yarısından fazlasını kaplayan gerilmiş bir kanopinin altında geçiriyoruz. Birbirimize yakın mesafede, soyunmuş ve terli bir halde, kötü kokular içinde oturuyoruz. Kimimiz o lüks gemide misafir, kimimiz işçi olsak da şimdiki halimizin *Galaxy* ile uzaktan yakından alakası yok. Burada hepimiz eşitiz. Yarı çıplak ve korkmuş.

Hepimizi bir araya getiren Muazzam Fikir, Lambert'in fikir babalığını yaptığı bir yolculuktu. Davetlilere, dünyayı değiştirmek üzere orada bulunduklarını söylemişti. Buna hiç inanmamıştım. Yatın boyutu. Çoklu güverteleri. Yüzme havuzu, spor salonu, bale salonu. Akıllarda kalmasını istediği şey buydu.

Nina, Bernadette, Jean Philippe ve ben gibi işçilere gelince... Biz orada yalnızca hizmet etmek için bulunuyorduk. Beş aydır Jason Lambert için çalışıyordum ve hayatım boyunca hiç bu kadar görünmez hissetmemiştim. *Galaxy*'deki personel, davetlilerle ne göz teması kurabilir ne de onların bulunduğu ortamda yemek yiyebilirdi. Ama bu sırada Lambert canı ne isterse onu yapıyor, mutfağa giriyor, parmaklarıyla yemeklerden alıyor, çalışanlar bakmadığında ağzını dolduruyordu. Gösterişli yüzüklerinden neredeyse obez sayılabilecek karın bölgesine kadar onunla ilgili her şey oburluk diye bağırıyordu. Dobby, Lambert'in ölmesini neden istiyordu anlayabiliyorum.

Bakışlarımı kusmaya devam eden Lambert'ten ayırıp gölgeliğin yetişmediği alanda, ağzı yarı açık halde uyuyan yeni arkadaşımıza bakıyorum. Her şeyi yapmaya kadir biri olduğunu iddia eden birine göre çok da etkileyici bir görüntü sergilemiyor. Kalın kaşları, sarkık yanakları, geniş bir çenesi ve koyu renk saçlarının kısmen örttüğü küçük kulakları var. Dün yanımıza gelip o sözleri söylediğinde ürpermedim desem doğru olmaz: *Geldim, buradayım. Beni çağırmamış mıydınız?* Ama daha sonra Geri fıstık ezmeli bisküvi paketini uzattığında paketi öyle hızlı açıp ağzını tıktı ki boğulacak sandım. Tanrı'nın bu kadar iştahlı olabileceğine ihtimal vermiyorum. En azından fıstık ezmeli bisküvilere karşı.

Yine de şimdilik dikkatimizi dağıttı. Az evvel o uyuyorken kafa kafaya verip fısıldayarak onun hakkındaki teorilerimizi paylaştık.

"Sence kafayı kırmış mıdır?"

"Tabii ki! Muhtemelen kafasını çarpmıştır."

"Suda üç gün boyunca yüzerek hayatta kalmış olamaz."

"Bir insan suda en uzun ne kadar süre kalabilir?"

"Bir keresinde yirmi sekiz saat dayanabilen biri hakkında bir haber okumuştum."

"Yine de üç gün değil."

"Gerçekten *Tanrı* olduğunu mu düşünüyor?"

"Üzerinde can yeleği yoktu."

"Belki başka bir bottan gelmiştir."

"Eğer civarda başka botlar olsaydı görürdük."

En son Nina konuştu. *Galaxy*'de saç stilistliği yapıyordu, Etiyopya'da doğmuştu. Çıkık elmacıkkemikleri ve koyu renk bukleleriyle burada, denizin ortasında bile belli bir ölçüde zarafetini koruyordu. "En az olası ihtimali düşüneniniz yok mu?" diye sordu.

"Ki bu da?" dedi Yannis.

"Doğruyu söylediği? Yardım çığlığımızı duyup gelebilmiş olma ihtimali?"

Gözlerimiz birbirimizde gezindi. Sonra Lambert, derinlerden gelen küçümseyici bir kahkahayla gülmeye başladı. "Haha! Evet! Tanrı'yı zaten böyle hayal etmiştik. Tekneye çekene kadar yosun gibi yüzen biri. Hadi ama. Halini görmediniz mi? Sörf tahtasından düşen adalı bir çocuk gibi."

Bacaklarımızı kaydırdık. Lambert'in sözlerinden sonra kimse pek bir şey söylemedi. Gökyüzünde asılı duran solgun beyaz aya baktım. Aramızda bunun mümkün olabileceğine inananlar var mı? Bu garip yeni gelen aslında Tanrı'nın vücut bulmuş hali mi?

Yalnızca kendi adıma konuşabilirim. Hayır, ben inanmıyorum.

Kara

LeFleur, Rom denen adamı aracıyla adanın kuzeyine götürdü. Sohbet etmeye çalıştı ama Rom kibar, kısa cevaplarla yanıtlıyordu: "Evet, komiserim," ve "Hayır, komiserim." LeFleur küçük bir viski şişesini koyduğu torpido gözüne baktı.
LeFleur, "St. John taraflarında mı yaşıyorsun?" diye sohbet etmeye çalıştı.
Rom başını sallayarak belirsiz onayladı.
"Nerelerde takılıyorsun?"
Rom boş gözlerle baktı.
"Takılmak? Gevşemek? Vakit geçirmek?"
Cevap yok. Bir rom dükkânının ve menteşelerinden gevşekçe sallanan turkuvaz panjurları olan bir disko/kafenin önünden geçtiler.
"Peki ya sörf? Sörf yapıyor musun? Bransby'de? Trant koyunda?"

"Suyla pek işim olmaz."

"Hadi ama, dostum," diye güldü LeFleur. "Adada yaşıyorsun!"

Rom dosdoğru önüne baktı. Komiser pes etti. Bir dal sigara çekti. Penceresini açıp dağları izlemeye başladı.

Yirmi dört sene önce Montserrat'taki Soufrière Hills yanardağı yüzyıllarca süren sessizliğinin ardından patlayarak adanın güneyinin tamamını çamur ve külle kaplamıştı. Başkent yerle bir olmuştu. Lavlar havalimanının üzerini kaplamıştı. Bir ulusun ekonomisi, kara bir duman içinde işte böyle yok olmuştu. Bir yıl içinde nüfusun üçte ikisi, onlara acil durum vatandaşlığı statüsü tanıyan Londra'ya kaçmıştı. Şimdi bile adanın güney tarafı ıssız, terk edilmiş kasabaların ve villaların oluşturduğu ve üzeri küllerle kaplı bir sınırlı bölge.

LeFleur rahatsız edici bir şekilde kapı koluna vuran yolcusuna baktı. Patrice'i arayıp bu sabah aniden yanından ayrıldığı için ondan özür dilemeyi düşündü. Bunu yapmak yerine Rom'un göğüs hizasından uzandı, "Affedersin," diye mırıldanarak torpido gözünü açtı ve viski şişesini çıkardı.

"İster misin biraz?" diye sordu.

"Yok, sağ olun komiserim."

"İçmez misin?"

"Artık içmiyorum."

"Nasıl yani?"

"Bazı şeyleri unutmak için içerdim."

"Ve?"

"İçtikçe hatırlamaya devam ettim."

LeFleur bir anlık duraksamanın ardından içkisinden bir yudum aldı. Yolun geri kalanında sessizce ilerlediler.

Deniz

Sevgili Annabelle,

"Tanrı" bizi henüz kurtarmadı. Sihir de yapmadı. Çok az şey yapıp çok az konuştu. Görünüşe göre doyurmamız gereken başka bir boğaz ve yer açmamız gereken başka bir bedenden ibaret.

Rüzgâr ve dalgalar bugün yeniden hızlandı, bu yüzden hepimiz korunma umuduyla gölgeliğin altına sığındık. Bu da diz dize ve dirsek dirseğe oturmamız demek. Bir yanımda Bayan Laghari, diğer yanımda yeni gelenle oturuyordum. Arada bir çıplak tenine dokundum. Benimkinden hiçbir farkı yoktu.

"Hadi ama 'Tanrı,' bize gerçeği söyle," dedi Lambert yeni geleni göstererek. "Tekneme nasıl bindin?"

"Senin teknene hiç binmedim," diye cevapladı.

"O zaman nasıl oldu da okyanusa düştün?" diye sordu Geri.

"Düşmedim."

"Suda ne işin vardı?"

"Size geliyordum."
Birbirimize baktık.
"Şunu bir açıklığa kavuşturalım," dedi Yannis. "Tanrı gökten inmeye karar verdi, bu filikaya yüzdü ve bizimle konuşmaya başladı?"
"Sizinle sürekli konuşuyorum," dedi. "Buraya dinlemeye geldim."
"Neyi dinleyeceksin?" dedim.
Lambert, "Yeter!" diye araya girdi. "Madem her şeyi biliyorsun, o zaman bana *lanet olası tekneme* ne olduğunu anlat!"
Adam gülümsedi. "Neden bu duruma bu kadar öfkelisin?"
"Teknemi kaybettim!"
"Ama şimdi bir başkasındasın."
"Aynı şey değil."
"Doğru," dedi adam. "Bu hâlâ suyun üzerinde."
Yannis kıkırdadı. Lambert ona baktı.
"Ne?" dedi Yannis. "Komik."
Bayan Laghari sabırsızca nefes verdi. "Bu saçmalığa bir son verebilir miyiz? Uçaklar nerede? Bizi kurtaracak olanlar? Bize bunu söyle, hemen şimdi önüne kapanayım."
Bir cevap bekledik. Ama adam orada, üstsüz ve sırıtarak öylece oturmaya devam etti. Ortama hâkim olan hava değişti. Bayan Laghari, yeni gelen dikkatimizi dağıtmış olsa da umutsuzca kaybolmuş olduğumuzu bize hatırlatmıştı.
"Kimse ona iman falan etmeyecek," diye gürledi Lambert.

Haberler

MUHABİR: *Ben Valerie Cortez, milyoner yatırımcı Jason Lambert'in sahibi olduğu Galaxy adındaki tekneden bildiriyorum. Gördüğünüz üzere hava yağmurlu, bu yüzden buraya sığındım. Ancak Muazzam Fikir'in bu beşinci ve son gecesinde gösterişli eğlence durmadan devam ediyor.*
HABER SUNUCUSU: *Bugün neler yaşandı, Valerie?*
MUHABİR: *Bugün katılımcılar, aralarında eski bir ABD başkanı, dünyanın ilk elektrikli otomobilinin tasarımcısı ve dünyanın en büyük üç bilgisayar arama motorunun kurucuları tarafından yönetilen tartışma gruplarına katıldı. Bu isimler ilk defa beraber bir sahnede yer alıyor.*
HABER SUNUCUSU: *Arkadan gelen müzik sesi de ne?*
MUHABİR: *İşte, Jim, sana önceden de söylediğim gibi bu yatta bir helikopter iniş pisti var. Hafta boyunca insanlar*

gelip gitti. Bugün erken saatlerde popüler rock müzik grubu Fashion X yatta performans gerçekleştirmek üzere iniş yaptı. Arkamdaki balo salonunda onları duyabilirsiniz. Sanırım hit olan "Coming Down" şarkısını seslendiriyorlar.
HABER SUNUCUSU: *Vay canına, bu çok etkileyici.*
MUHABİR: *Kesinlikle öyle. Performanslarının ardından...*

(Gürültü sesi. Ekrandaki görüntü sallanır.)

HABER SUNUCUSU: *Valerie, bu da neydi?*
MUHABİR: *Bilmiyorum! Bir saniye...*

(Yine bir gürültü. Valerie yere düşer.)

MUHABİR: *Aman Tanrım! Neler olup bittiğini bilen biri...*
HABER SUNUCUSU: *Valerie?*
MUHABİR: *Az önce bir çarpma... (parazitlenme) ... sesi... (parazitlenme) ... nerede göremiyorum...*

(Başka bir gürültü, ardından görüntü gider.)

HABER SUNUCUSU: *Valerie? Valerie, bizi hâlâ duyabiliyor musun? ... Valerie? ... Görünüşe bakılırsa bağlantımızı kaybettik. Çok yüksek sesli bir gürültü vardı, sizin de duyduğunuz gibi birden fazla kez. Spekülasyonda bulunmak istemiyoruz. Fakat şu anda duruma bakılırsa bağlantı kuramıyoruz... Alo? ... Valerie? ... Orada mısın?*

Kara

Cip gözetleme noktasına ulaştığında LeFleur motoru durdurdu. Bölgenin yerel yetkililer tarafından işaretlenmesini talep etmişti, yol kenarından geçen sarı bandı görünce rahatladı.

"Pekâlâ," dedi Rom'a. "Bakalım ne bulmuşsun."

Sarı bandın üzerinden geçtiler ve patikadan aşağı inmeye başladılar. Marguerita koyu, sarp beyaz duvarlara dökülen, kıyıyı ve dar, kumlu plajı çevreleyen bir dizi yeşil tepeden oluşuyordu. Aşağı inmenin birkaç yolu vardı ama arabayla olmazdı. Ancak yürüyerek inilebilirdi.

Düzlüğe varıp keşif alanına yaklaştıklarında Rom adımlarını yavaşlattı. LeFleur alana tek başına ilerledi. Kumun, iş ayakkabılarının içine dolduğunu hissetti. Alçak kayalıklar etrafında birkaç adım daha ve sonra...

İşte oradaydı: öğlen güneşinde kuruyan, büyük, yarı şişik, kirli turuncu bir filika.

LeFleur bir ürperti hissetti. Herhangi bir aracın –gemilerin, botların, salların, yatların– enkazı, insanla deniz arasında kaybedilen başka bir savaş anlamına geliyordu. Kalıntılarda hikâyeler gizliydi. Hayalet hikâyeleri. LeFleur'ün hayatında bunlardan yeterince vardı.

Salın kenarlarını incelemek için eğildi. Altta kalan çıkıntılar, derin kesiklerle zarar görmüştü. *Bunu köpekbalıkları yapmış olabilirdi.* Gölgelik paramparça olmuş, geriye sadece bir zamanlar takılı olduğu çerçevede birkaç parça kalıntı bırakmıştı. Turuncu yüzeye kazılı solmuş harflerle KAPASİTE 15 KİŞİ kazılıydı. Filikanın içi genişti, belki dörde altı metre genişliğindeydi. Şimdi içi kum ve deniz yosunu ile doluydu. Küçük küçük yengeçler arapsaçı gibi birbirine dolanmıştı.

LeFleur, GALAXY'YE AİTTİR yazısının kazılı olduğu kısmı geçip ön kenarda kapalı bir kese gibi görünen şeye doğru ilerleyen bir yengeci takip etti. Küçük bir yumru, keseyi dışarı ittiriyordu. Dış yüzeyine dokundu ve hemen elini geri çekti.

İçinde bir şey vardı.

LeFleur kalbinin atışının hızlandığını hissetti. Protokolü biliyordu: *herhangi bir cankurtaran botuna dokunulmadan önce gemi sahipleri bilgilendirilmelidir.* Ama bu çok uzun sürebilirdi. Ayrıca teknenin sahibi patlamada ölmemiş miydi? Herkes ölmemiş miydi?

On metre kadar ileride durup bulutları inceleyen Rom'a baktı. Aman, diye düşündü LeFleur, pazar günü çoktan mahvolmuştu.

Keseyi açtı ve içindekini birkaç santim dışarı çıkardı. Doğru gördüğünden emin olmak için iki kez gözlerini kırpıştırdı. İşte, elinde plastik keseye konmuş bir defterin kalıntıları vardı.

Deniz

Vakit öğleni henüz geçti. Bu filikadaki dördüncü günümüz. Oldukça sıradışı bir şeye tanık olduk, Annabelle. Tanrı olduğunu iddia eden yeni gelenle ilgili. Belki de yanılmıştım. Onda görebildiğimizden fazlası olabilir.

Bu sabah erken saatlerde Yannis, filikanın bir kenarına uzanmış, Yunanca bir şarkı söylüyordu. (Kendisi Yunan, oldukça genç olmasına rağmen sanırım bir büyükelçi.) Geri, navigasyon çizelgelerini yapıyordu. Bayan Laghari, geçmek bilemeyen baş ağrısını dindirmek için şakaklarını ovuyordu. Küçük kız Alice, ellerini dizlerine sarmış oturuyordu. Geldiğinden beri sık sık yaptığı gibi, yine yeni gelen adama bakıyordu.

Yeni gelen bir anda ayaklanıp filikanın diğer ucunda oturmuş, eşi Bernadette için dua eden Jean Philippe'in yanına gitti. Philippe ve eşi Haitililer. İyi insanlar. Neşeliler. Onlarla Cape

Verde'deki ilk sabah, mürettebat misafirleri karşılamak üzere *Galaxy*'ye bindiğinde tanışmıştım. Yıllardır büyük teknelerde aşçılık yaptıklarını söylemişlerdi.

"Yemeği biraz fazla iyi yaparız, Benji!" demişti Bernadette göbeğini okşayarak. "Öyle iyi ki şişmanladık."

"Haiti'den neden ayrıldınız?" diye sordum.

"Ah, orada hayat zordu be Benji, zordu," dedi.

"Peki ya sen?" diye sordu Jean Philippe bana. "Sen nereden geliyorsun?"

"İrlanda, sonra da Amerika," dedim.

"Neden bıraktın geldin?" diye sordu Bernadette.

"Ah, hayat zordu be, Bernadette, zordu."

Hepimiz güldük. Bernadette sık sık gülerdi. Gözleri sizi sıcacık kucaklıyor gibiydi ve söylediklerinize katıldığında kafasını baş kısmı büyük olan oyuncak bebekler gibi sallardı. "Ah, *cherie!*" diye cıvıldardı. "Haklısın!" Fakat şimdi tepkisizdi. Cuma gecesi tekneden kaçmaya çalışırken fena halde yaralanmıştı. Jean Philippe, tekne bir tarafa yatmaya başladığında güverteye düştüğünü ve büyük bir masanın, başıyla omuzlarına çarptığını söylemişti. Son yirmi dört saattir bilinci gidip geliyordu.

Evlerimizde olsaydık kesinlikle hastanede olması gerekirdi. Fakat burada, açıklıkta sürüklenirken dünyadaki yerimizi ne kadar garanti gördüğümüzü fark ediyorsun.

Yeni gelen, Bernadette'e doğru eğildi. Jean Philippe gözlerini kocaman açarak izledi.

"Sen gerçekten de Tanrı mısın?"

"Öyle olduğuma inanıyor musun?"

"Kanıtla. Eşimle tekrar konuşabilmemi sağla."

Kaşlarını kaldırmış bir şekilde olanları izleyen Yannis'e baktım. Sevdiğimiz birinin canı tehlikedeyken tanımadığımız birine ne kadar da çabuk güvenebiliyorduk. Bu yabancı hakkında gerçekten emin olduğumuz tek şey çılgın iddiası ve aç kurtlar gibi bir paket fıstık ezmeli bisküvi yediğiydi.

Sonra küçük Alice'in Jean Philippe'in elini tuttuğunu gördüm. Yeni gelen, Bernadette'e dönüp avucunun içini başına ve omuzlarına koydu.

Ve bir anda Bernadette'in gözleri açılıverdi.

"Bernadette?" diye fısıldadı Jean Philippe.

Bernadette de *"Cherie?"* diye fısıldadı.

"Başardın," dedi Jean Philippe Tanrı'ya, sesi hürmet doluydu. "Onu geri getirdin. Teşekkkür ederim, Bondyé!* Bernadette! Sevgilim!"

Daha önce hiç böyle bir şey görmemiştim, Annabelle. Bir dakika öncesine kadar bilinci yerinde değildi, ama şimdi ayıktı ve konuşuyordu. Diğerleri kıpırdanmaya ve olan biteni fark etmeye başladı. Geri, Bernadette için biraz su koydu. Nina ona sıkıca sarıldı. "Biri bunun nasıl olduğunu açıklamalı," diye mırıldanmasına rağmen ihtiyar, katı Bayan Laghari bile mutlu görünüyordu.

Nina, "Tanrı sayesinde," dedi.

Yeni gelen gülümsedi. Bayan Laghari gülmüyordu.

Nihayetinde Bernadette ve Jean Philippe'e baş başa kalmaları için biraz alan tanıdık ve filikanın diğer ucuna gittik. Yabancı da peşimizden gelmişti. Yüzündeki ifadeyi inceledim. Eğer bu bir mucizeyse, kendisi bunu pek büyütmüyor gibiydi.

"Ona ne yaptın?" diye sordum.

"Jean Philippe onunla tekrar konuşmak istedi. Şimdi konuşabilir."

"Ama neredeyse ölmüştü."

"Yaşam ve ölüm arasındaki mesafe sandığınız kadar büyük değil."

"Gerçekten mi?" Yannis bize doğru yöneldi. "Öyleyse insanlar öldükten sonra neden dünyaya dönmüyorlar?"

---

* Bondyé: Haiti Voou'da Afrika diaspora dinine göre en büyük Tanrı. (ç.n.)

Yabancı gülümsedi. "Bunu neden istesinler ki?"
Yannis homurdandı. "Her neyse." Sonra da ekledi: "Ama Bernadette, onu iyileştirdin? İyi olacak, değil mi?"
Yabancı uzaklara daldı.
"İyileşmedi. Ancak iyi olacak."

İki

Deniz

Saatim gece biri gösteriyor. Kayıp geçirdiğimiz beşinci gecemiz. Yıldızlar öyle yakın ki nerede başlayıp nerede bittiklerini söylemem imkânsız, sanki gökte bir varil dolusu parlak tuz patlamış.

Şimdilik, biri bize bir sinyal gönderiyormuşçasına parlak ışıltılar saçan tek bir yıldıza odaklanıyorum. *Sizi görüyoruz. El sallayın. Bir şeyler yapın, sizi almaya geleceğiz.* Keşke. Etrafımızı saran bu nefes kesici panoramanın ortasında sürükleniyoruz. Güzelliğin ve kederin nasıl olup da aynı anda var olabildiği benim için her zaman bir gizemdi, Annabelle.

Keşke bu yıldızları seninle karada güvenli bir yerde bir kumsaldan izliyor olsaydım. Tanıştığımız geceyi düşünürken buluyorum kendimi. Hatırladın mı? Temmuzun dördü? Belediye parkındaki bir köşkün zeminini süpürüyordum. Üzerinde turuncu bir bluz, beyaz bir pantolon, saçların atkuyruğu yapılmış halde yanıma yaklaşıp havai fişeklerin nereden atıldığını sormuştun.

"Hangi havai fişekler?" dedim. Tam da o anda ilk havai fişek havada gümbürdedi –kırmızı-beyaz bir yıldız patlaması, çok net hatırlıyorum– ve ikimiz de sırf sen sordun diye havai fişek patlamış gibi güldük. Köşkte iki tane sandalye vardı, onları yan yana koymuştum ve sonraki bir saati verandalarında oturan yaşlı bir çift gibi havai fişekleri izleyerek geçirmiştik. Patlamalar bitene dek birbirimize adımızı söylememiştik.

O bir saati, içinde yürüyüp kenarlarına dokunabilirmişim gibi hatırlıyorum. Aramızdaki çekimin yarattığı merak, kaçamak bakışmalar, kafamın içinde *Kim bu kadın? Nasıl biri? Bana neden böyle güvendi?* diyen sesler. Başka birinin olma ihtimali! Dünya üzerinde buna benzer başka bir beklenti var mı? Onsuz olmaktan daha yalnız hissettiren başka bir şey var mı?

Eğitimli, başarılı, şefkatli ve güzeldin; itiraf etmeliyim ki seni gördüğüm andan itibaren sevgine layık olmadığımı hissettim. Liseyi bitirmemiştim. Kariyer için sınırlı seçeneğim vardı. Giysilerim sıradan ve yıpranmıştı, kemikli hatlarım ve dağınık saçlarım neredeyse hiç çekici değildi. Ama gördüğüm an sevdim seni ve akıl almaz bir şekilde zamanla sen de beni sevdin. Şimdiye kadar beni bundan daha mutlu eden bir şey olmadı. Hayal edebileceğimden de mutluydum. Yine de gelecekte bir şekilde seni hayal kırıklığına uğratacağımı hep hissettim. Yıllarca bu sessiz korkuyla yaşadım, Annabelle, ta ki beni terk ettiğin güne kadar. Üzerinden neredeyse on ay geçti ve yazmanın çok manasız olduğunun farkındayım. Ama bu kayıp gecelerde beni besleyen şey bu. Bir keresinde "Hepimizin bir şeylere tutunması gerekiyor, Benji," demiştin. Şimdi bırak sana, seni tanıdığım o saate, birlikte rengârenk gökyüzüne baktığımız ana tutunayım. Bırak, hikâyemi bitireyim. İşte o zaman senden ve bu dünyadan vazgeçeceğim.

★★★

Saat sabaha karşı dört. Diğerleri gölgeliğin altında bükülmüş vaziyette uyuyorlar. Bazıları mırıltılar çıkararak horluyor; diğerleri ise, mesela Lambert, bir testere kadar gürültülü. Bottakiler bu gürültü karşısında nasıl uyanmıyor şaşıyorum. Ya da filika. Geri, bana sürekli bunun adının bir filika olduğunu söylüyor. Bot. Filika. Ne fark eder?

Uykuyla amansızca savaşıyorum. İnanılmaz bitkinim ama uyuduğumda rüyamda *Galaxy*'nin batışını görüyor, o soğuk karanlık suya geri dönüyorum.

Ne olduğunu bilmiyorum, Annabelle. Yemin ederim bilmiyorum. Etkisi öyle aniydi ki denize düştüğüm anı bile anlatamam sana. Yağmur yağıyordu. Alt güvertede tek başımaydım. Kollarımı tırabzanlara dayamıştım. Başım aşağı eğikti. Bir patlama sesi duydum ve sonra fark edebildiğim tek şey hızla suya düştüğümdü.

Suya çarpmanın yarattığı etkiyi hatırlıyorum, aniden içine düştüğüm baloncukların yüzeyin altındaki sessizliği, suyun yüzeyine çıktığımda duyduğum ağır gürültüyü, beynim olan biteni anlamaya başladığında her şeyin ne kadar soğuk ve kaotik olduğunu ve kafamın içindeki sesin bana *N'oluyor lan! Okyanustasın!* diye çığlıklar attığını hatırlıyorum.

Su çok çetindi ve yağmur damlaları kafama düşüyordu. Yönümü tayin etmeyi başardığımda *Galaxy* elli metre kadar uzaklıktaydı. Tekneden kara bir dumanın yükselmeye başladığını gördüm. Kendime hâlâ tekneye geri yüzebileceğimi söyledim, bir parçam bunu yapmak istiyordu çünkü harap bir halde olsa da bomboş okyanusta tutunacak sağlam bir şeydi. Güverteler alevler içindeydi, beni çağırıyordu. Ama sonunun geldiğini biliyordum. Son kez uyumak üzere uzanıyor gibi yan yatıp batmaya başladı.

Tekneden bir cankurtaran botunun serbest bırakılıp bırakılmadığını ya da insanların kenarlardan atlayıp atlamadığını görmeye çalıştım ama dalgalar nefes aldırmaksızın yüzüme çarptığı için görüşüm kısıtlıydı. Yüzmeye çalıştım ama nereye gidiyordum ki? Yanımdan sürüklenerek giden şeyleri hatırlıyorum, tıpkı benim gibi *Galaxy*'den düşüp sürüklenen şeyler, bir koltuk, bir karton koli, bir beyzbol şapkası bile vardı. Nefes nefeseydim, gözlerimdeki yağmur damlalarını sildim ve yalnızca birkaç metre ötede süzülen limon yeşili bir valiz gördüm.

Görünüşe bakılırsa batmayan sert kaplamadan yapılan valizlerden biriydi, valizi yakalayıp ona tutundum. Sonra da *Galaxy*'nin son anlarına şahit oldum. Güvertelerin karanlığa gömüldüğünü gördüm. Etrafını ürkütücü yeşil ışıkların aydınlattığını gördüm. Gözden kaybolana ve ondan kalan son izlerin kalıntılarını silen bir dalga üzerinden geçene dek yavaşça alçalarak suya batmasını izledim.

Ağlamaya başladım.

Kendim için, kaybolanlar için ve hatta garip bir şekilde gidişine üzüldüğüm *Galaxy* için... Suyun içinde ne kadar süre küçük bir çocuk gibi ağlayarak kaldım bilmiyorum. Ama sana tekrar söylüyorum, Annabelle, o teknenin yok olmasında benim hiçbir payım yoktu. Dobby'nin ne yapmak istediğini ve istemeden de olsa plan yapmasına yardımcı olacak şeyler yaptığımı biliyorum. Ama sırtımdaki giysilerden başka bir şeyim olmadan suya düşmüştüm; ne kadar süre o buz gibi dalgalarda savruldum durdum kim bilir. O bavulu bulmamış olsaydım, şimdiye çoktan ölmüştüm.

Suda diğer yolcuların seslerini duymaya başladım. Bazıları ulumaydı. Diğer sesler, kelimeleri ayırt edecek kadar netti –*Yardım edin!* ya da *Lütfen!*– ama sonra bir anda sesler kesildi. Okyanus, kulaklarımıza oyun oynuyor Annabelle, ve akıntılar öyle güçlü ki az evvel birkaç metre ötede duran biri ansızın yok olabiliyor.

Bacaklarım ağırlaşmıştı; hareket etmelerini sağlamak için yapabileceğim tek şu buydu. Eğer kramp girerse yüzemeyeceğimi ve eğer yüzemezsem batacağımı ve öleceğimi biliyordum. O valize korkmuş bir çocuğun annesinin karnına yapışması gibi sarılmıştım. Soğuktan titriyordum ve gözlerim tamamen kapanmak üzereyken dalgaların arasında inip kalkan turuncu bir filika gördüm. Filikadan biri el feneri sallıyordu.

"Yardım edin!" diye bağırmaya çalıştım ama o kadar çok tuzlu su yutmuştum ki ses çıkarmaya çalışmak boğazımı yakıyordu. Filikaya doğru kendimi öne ittim ama valizi tutarken yeterince hızlı hareket edemedim. Valizi bırakmak zorunda kaldım. Bunu istemiyordum. Kulağa tuhaf gelse de ona karşı bir bağlılık hissetmiştim.

Sonra el feneri yeniden parladı ve bu sefer bir sesin "Buradayız! Buradayız!" diye seslendiğini duydum. Elimi valizden çekip fenerin ışığını görebilmek için başımı suyun üzerinde tutarak yüzmeye başladım. Sudan bir duvar yükseldi ve çarptı. Vücudum çılgınca büküldü ve yön duygumu tamamen kaybettim. *Hayır!* diye bağırdım kendi kendime. *Bu kadar yaklaşmışken olmaz!* Tam suyun yüzeyine çıkmıştım ki yeni bir dalga beni alaşağı etti. Oltaya takılmış bir balık gibi bir kez daha büküldüm. Tekrar yüzeye çıktığımda nefes nefeseydim, boğazım yanıyordu. Başımı sağa sola çevirdim; hiçbir şey yoktu. Sonra arkamı döndüm.

Filika tam arkamdaydı.

Filikanın kenarlarındaki güvenlik ipine tutundum. O el feneri sallayan her kimse şimdi yoktu. Tek tahminim, dalgaların onu suya attığıydı. Suda birini aramaya çalıştım ama başka bir dalga kıvrılmaya başlayınca ipi iki elimle tuttum fakat yine savruldum. Neresi yukarısı, neresi aşağısı... Artık farkına varamıyordum. İpi öyle sıkı tutuyordum ki tırnaklarım avcumun içindeki ete geçmişti. Yüzeye çıktığımda hâlâ ipe tutunuyordum.

Filikaya binmek için tutunacak bir kulp bulana kadar kendimi salın dışına doğru çektim. Kendimi filikaya atabilmek için üç kere çabaladım. Çok zayıftım, her denemede başarısız oldum. O sırada yeni bir dalga oluşuyordu. Bunu atlatabileceğimi düşünmüyordum. Bu yüzden karanlığa doğru gırtlağımdan çıkan bir çığlıkla "AHHHHHH!" diye bağırdım. Bedenimde kalan son güçle kendimi yana doğru çektim ve kudurmuş bir köpek gibi nefes nefese, siyah kauçuk zemine yığıldım.

Haberler

HABER SUNUCUSU: *Bu gördüğünüz yer, lüks tekne Galaxy'nin, cuma gecesi Atlantik Okyanusu'nda, Cape Verde kıyılarından yaklaşık elli mil açıkta battığı bildirilen bölge. Muhabirimiz Tyler Brewer'ın haberi.*

MUHABİR: *Milyarder Jason Lambert'e ait 200 milyon dolarlık Galaxy'de ne olduğuna dair herhangi bir ipucu bulmayı uman arama kurtarma ekipleri, kilometrelerce uzunluktaki uçsuz bucaksız Atlantik üzerinde uçuyor. Tekne, cuma gecesi 23.20 sularında bir tür tehlike bildiren bir sinyal gönderdi. Bundan kısa bir süre sonra da battığına inanılıyor.*

HABER SUNUCUSU: *Peki ya sağ kalanlar, Tyler?*

MUHABİR: *Haberler iyi değil. Arama kurtarma ekipleri alana ulaşana kadar Galaxy tamamen batmıştı. Kötü hava koşulları ve güçlü akıntılar, enkazı ve hatta hayatta kalanla-*

rın bedenlerini sinyalin gönderildiği alandan kilometrelerce uzağa sürüklemiş olabilir.

HABER SUNUCUSU: *Herhangi bir şey bulabildiler mi?*

MUHABİR: *Kurtarma ekipleri yatın dış kısmından olduğunu belirttikleri parçalar buldu. Bize söylenene göre Galaxy, benzer teknelerden daha hızlı gitmesine yarayan çok hafif bir fiberglastan yapılmış. Ne yazık ki bu da onu darbelere karşı daha hassas bir konuma getirmiş. Konuyla ilgili soruşturma sürüyor.*

HABER SUNUCUSU: *Neyle ilgili bir soruşturma tam olarak?*

MUHABİR: *Açık konuşmak gerekirse herhangi bir suikast girişiminin olup olmadığı. Denizde bir geminin başına gelebilecek birçok şey vardır. Ancak bu kadar yıkıcı derecede bir olay oldukça sıradışı görünüyor.*

HABER SUNUCUSU: *Anladım, şimdilik dualarımız ve aklımız, bu trajedi gerçekleştiğinde Galaxy'den haber yapan muhabirimiz Valerie Cortez ve kameramanımız Hector Johnson da dahil olmak üzere, hayatını kaybedenlerin aileleriyle birlikte.*

MUHABİR: *Kesinlikle. Eminim ki yolcuların yakınları en azından bazılarının hayatta kalmış olması için umut besliyor. Ancak okyanusun en soğuk olduğu bölgelerdeyiz ve umutlar her geçen saat azalıyor.*

Deniz

Altıncı gün. Hakkında yazmam gereken tuhaf bir olay daha. Bu sabah gökyüzünü bulutlar kapladı ve rüzgâr, yüksek şiddetli motorlar gibi sesler çıkarana kadar hızlandı. Böyle anlarda okyanus sağır edici oluyor, Annabelle. Birkaç metre öteye bile sesini ulaştırmak için bağırman gerekiyor. Tuzlu su yüzüne çarpıyor ve gözlerini yakıyor.

 Filikamız yükselip alçalıyor, her düşüşte yüzeye çarpıyordu. Ata binmek gibiydi. Savrulmamak için güvenlik iplerini sıkıca tutmuştuk.

 Bir anda küçük Alice boşluğa düştü. Bir dalga hepimize su sıçratırken Nina onu iki kolundan tuttu. Alice'i kavrayıp geri çekildi ve "Dur! Dur!" diye feryat figan bağırdı. Alice'in, filikanın üzerine çömelmiş, olan bitenden etkilenmeyen Tanrı'ya elini uzattığını gördüm.

Adam, elini burnuna ve ağzına koyup gözlerini kapattı. Bir anda rüzgâr dindi. Hava bir ölü gibi durgunlaştı. Bütün sesler kesildi. Tıpkı T. S. Eliot'ın şiirindeki gibiydi, "durağan noktası dönen dünyanın," sanki bütün gezegen nefesini tutmuştu.

"Ne oldu az önce?" diye sordu Nevin.

Şimdi olduğu yere park etmiş gibi duran filikanın farklı bölgelerinde durmuş, etrafımıza bakıyorduk. Yabancı kısa bir süreliğine göz teması kurdu, sonra arkasını döndü ve denize baktı. Küçük Alice, Nina'nın boynuna sarıldı. Nina fısıldayarak, "Sorun yok... güvendeyiz," deyip onu sakinleştirdi. Etraf öyle kadar sessizdi ki Nina'nın söylediği her kelimeyi duyabiliyorduk.

Dakikalar sonra filika hafifçe sallanmaya başladı ve okyanusta minik, zararsız dalgalar oluştu. Hafif bir esinti ve normal deniz sesleri geri geldi. Ama o an hiçbir şey normal değildi, sevgilim. Hiçbir şey.

***

"Köpekbalıkları hâlâ peşimizde mi?" diye sordu Nina güneş ufkun altına gizlenirken.

Yannis filikanın yanından baktı. "Görünürde yoklar."

Köpekbalıklarını okyanustaki ikinci günümüzde fark etmiştik. Geri, filikanın altına gelen balıkların peşlerine düştüklerini söylüyor.

"Bir saat önce oradaydılar," dedi Nina. "Sanırım bir..."

"Kafam bir türlü almıyor!" Bayan Laghari bir anda parladı. "*Uçaklar* nerede? Jason bizi aramaya geleceklerini söylemişti. Neden bir tane bile uçak görmedik?"

Aramızdan bazıları başını eğdi ve hafifçe salladı. Bayan Laghari her gün bu konudan şikâyetleniyordu. *Uçaklar nerede?* Lambert'i filikaya aldığımızda, tekne mürettebatının tehlike sinyallerini gönderdiği konusunda ısrarcıydı. Kurtarılmamız an meselesiydi. Bu yüzden uçakları bekledik. Gökyüzünü taradık. O zamanlar kendimizi hâlâ Lambert'ın yolcuları gibi hissediyorduk. Artık öyle değil. Her günbatımıyla birlikte umudumuz tükeniyor ve artık kendimizi herhangi bir şeyin yolcusu gibi hissetmiyoruz. Sürüklenip giden ruhlardan ibaretiz.

Ölmek böyle bir şey mi merak ediyorum, Annabelle. İlk başlarda dünyaya sıkı sıkıya bağlısın, bırakmayı hayal bile edemiyorsun. Zamanla, yalnızca sürüklendiğin bir aşamaya geliyorsun. Sonrası ne olur, bilemiyorum.

Bazılarına göre Tanrı'yla buluşuyorsun.

***

İnan bana, filikamızdaki yabancıyı göz önünde bulundurursak bunu birçok kez düşündüm. Ona yabancı diyorum, Annabelle, çünkü gerçekten ilahi bir varlıksa benden alabildiğince farklı ve uzak bir şey olmalı. Çocukken bizlere Tanrı'dan geldiğimiz, onun suretinden yaratıldığımız öğretilmişti ama büyüdükçe yaptığımız şeyler, davranış biçimimiz düşünüldüğünde, bunda Tanrısal ne var ki? Ve başımıza gelen onca korkunç şey? Böylesine üstün bir şey buna nasıl müsaade edebilir?

Hayır. Doğru kelime *yabancı,* Tanrı benim için hep bir yabancı olmuştur. Bu adamın gerçekte kim olduğuna gelince, filika ikiye bölünmüş durumda. Az evvel filikanın arka tarafında birlikte oturduğumuzda Jean Philippe'e sordum bunu.

"Sence ölmek üzere miyiz, Jean Philippe?"

"Hayır, Benji. Bence Tanrı bizi kurtarmak için geldi."

"Ama şu haline bir baksana. Çok... sıradan biri."

Jean Philippe gülümsedi. "Tanrı'nın neye benzemesini bekliyordun? Her zaman 'Keşke Tanrı'yı bir görebilsek, işte o zaman onun gerçek olduğuna inanırdık,' demez miydik? Ya sonunda onu görme şansını bize lütfettiyse? Bu hâlâ yeterli değil mi?"

Hayır, derdim, değil. Biliyorum, sabah o tuhaf anı yaşadık. Ve Bernadette'in o mucizevi kurtuluşunu da... Fakat insanoğlunun zihninde uzun süre yer eden diğer bütün mucizeler gibi, bunlar için de makul açıklamalar vardı.

"Tamamen tesadüf," dedi Lambert bu sabah bunu tartışırken. "Bernadette'in bilinci zaten muhtemelen yerine geliyordu."

"Ya da kadını o uyandırdı," dedi Nevin.

Yabancı, gölgelik alandan çıktı ve Bayan Laghari sanki onu çözmüşçesine bir bakış attı.

"Bernadette'e yaptığın şey bu mu? Bir çeşit hile?"

Başını eğdi. "Hile değildi."

"Şüphelerim var."

"Şüpheye oldukça alışkınım."

"Bu seni rahatsız etmiyor mu?" diye sordu Nina.

"Beni bulanların çoğu tereddütle yola çıkmıştır."

"Ya da seni hiç bulmamışlar," dedi Yannis, "ve bilime inanmaya devam etmişlerdir."

"Bilim," dedi yabancı gökyüzüne bakarak. "Evet. Bilim sayesinde güneşten de ötesini açıklayabildiniz. Gök kubbeye dizdiğim yıldızları açıkladınız. Dünyada var ettiğim irili ufaklı tüm yaratıkları açıkladınız. En büyük eserimi bile açıkladınız."

"Ne o?" diye sordum.

"Sizi."

Elini filikanın yüzeyinde gezdirdi. "Bilim, varlığınızın izini ilkel yaşam biçimlerine ve onlardan da önce var olan ilkel biçimlere kadar sürdü. Ancak nihai soruya asla bir yanıt bulamayacak."

"Hangi soru?"

"Her şey nerede başladı?" Gülümsedi. "Bu sorunun cevabı yalnızca bende bulunabilir."

Lambert kahkahasını bastırdı. "Pekâlâ, pekâlâ. Madem bu kadar yücesin, bizi bu karmaşadan kurtar. Bir okyanus gemisi çıkar ortaya. Konuşmaktan başka bir şey yap. Bizi gerçekten kurtarmaya ne dersin mesela?"

"Size bunun için ne gerektiğini söyledim," dedi yabancı.

"Evet, evet, hepimizin sana aynı anda inanması gerekiyor," dedi Lambert. "Çok beklersin."

Muhabbet giderek son buldu. Adam kesinlikle bir muamma, Annabelle, bir kafa karışıklığı ve hatta bazen hüsran. Ama nihayetinde cevap o değil. Bir cevabımız yok. Bayan Laghari, "Uçaklar nerede?" diye sorduğunda birçoğumuzun ne düşündüğünden eminim. Eğer uçaklar geliyor olsaydı, çoktan buraya varırlardı.

***

Olumlu düşünmeye çalışıyorum, sevgilim. Seni düşünüyorum, evi düşünüyorum, güzel bir yemek, bir bardak bira ve uzun bir uyku hayal ediyorum. Küçük şeyler. Filikada bir yandan diğer yana hareket ederek mümkün olduğunca kaslarımı esnetip aktif kalmaya çalışıyorum ama amansız güneş çoğu zaman bütün gücümü tüketiyor. Gölgenin bu denli kıymetli olabileceğini hiç tahmin etmezdim. Hiç olmadığım kadar kırmızıyım ve cildim küçük su baloncuklarıyla kaplı. Geri, *Galaxy*'den kaçmadan önce akıllıca davranarak bir sırt çantası kapmıştı, içinde bir tüp aloe var ama hepimize yetecek kadar yok.

En kötü yaralarımıza sürmek için biraz alıp paylaşıyoruz. Tek kaçışımız gölgeliğin altına girmek. Ama herkesin içeri doluşmasıyla birlikte çok havasız oluyor ve dik oturmak imkânsız. Geri'nin çantasında küçük, el tipi fanlardan biri var ve onu elden ele gezdiriyoruz. En azından minik bir esinti yaratıyor. Pilleri bitmesin diye hemen kapatıyoruz.

İçecek su, en kıymetli varlığımız. Elimizdeki su, içinde bir su tahliye kabı, olta, kürek, işaret fişeği tabancası gibi çeşitli malzemelerinin de bulunduğu filikanın "acil durum çantasından" çıktı.

Küçük teneke kutularda sakladığımız içme suyu en önemli şeyimiz ve artık neredeyse bitti sayılır. Günde iki kez paslanmaz çelik bir bardağa eşit miktarda pay ediyoruz. Bir yudum alıp bardağı diğerlerine uzatıyoruz.

Geri, küçük Alice'e su koyduğunda bardağı dolduruyor. Bu akşam, o garip rüzgâr olayının sonrasında çocuk payına düşeni alıp sürünerek salın diğer ucunda oturan Tanrı'ya gitti.

"Şu tuhaf çocuk ne yapıyor?" dedi Lambert.

Alice bardağını yabancıya uzattı, o da suyu tek bir yudumda yuttu. Sonra başını minnettar bir ifadeyle eğip bardağı geri verdi. Bu adamla ne yapacağız, Annabelle? Geldiği günden beri yaşanan gizemli olayları bir yana bırak. Tanrı, susamış bir çocuğun gözleri önünde su içer miydi gerçekten?

Kara

LeFleur'ün kalbi yerinden çıkacak gibiydi. Rom'a sırtını dönerek plastik torbayı keseden tamamen çıkardı. Defterin ön kapağı yarısından yırtılmıştı ve arka kapağı da içeriye sızan tuzlu su yüzünden çürümüştü. Elindeki bir çeşit kayıt defteri miydi? Ya da *Galaxy*'ye ne olduğunu anlatan bir günlük? Her iki durumda da, diye düşündü LeFleur, elinde uluslararası öneme sahip bir şey olabilirdi.

Ve kimse varlığından haberdar değildi.

Protokole uygun hareket etseydi yapması gereken şey çantayı hemen yerine bırakmak ve daha yüksek makamlardan görevlileri aramaktı. İşi onlara bırakmak. Kenara çekilmek. LeFleur bunun bilincindeydi.

Ancak onları aradığı anda sürecin dışında kalacağını da biliyordu. Bu filikayla ilgili bir şey onu tutuyordu. Meslek hayatı boyunca başına gelmiş en ilgi çekici şeylerden biriydi. Montserrat'ta neredeyse hiç suç işlenmiyordu. LeFleur, günlerinin çoğunu boğucu bir can sıkıntısı içinde geçirir, hayatının son dört yılda nasıl altüst olduğunu, evliliğinin nasıl değiştiğini, her şeyin nasıl değiştiğini düşünmemeye çalışarak geçirirdi.

Sertçe özlerini kırpıştırdı. Pazar günüydü. Patronu çalışmıyordu. Burada olduğunu kimse bilmiyordu. Defterin içine bir göz atabilir, sonra geri koyabilirdi. Aradaki farkı kim bilebilirdi ki?

LeFleur, yüzünü diğer tarafa dönmüş, uçurumları inceleyen Rom'a baktı, sonra elindeki poşeti pantolonunun beline sıkıştırdı ve gömleğiyle üzerini kapattı. Ayağa kalkıp kumsala doğru ilerledi, omzunun üzerinden "Bir yere ayrılma, Rom! Başka enkaz var mı diye bakmaya gidiyorum," diye seslendi.

Rom başını salladı.

Birkaç dakika sonra LeFleur koyda tek başınaydı. Diz çöktü, ağırlığını dizlerine verdi ve belindeki poşeti çıkardı. Sonra, kafasının içindeki mantıklı ses *Bunu yapmamalısın*, demesine rağmen poşeti yavaşça açtı.

Haberler

HABER SUNUCUSU: *Lüks teknesi Galaxy geçen ay Atlantik Okyanusu'nda battığında kırktan fazla kişiyle birlikte kaybolan milyarder yatırımcı Jason Lambert için bugün bir anma töreni düzenleniyor. Muhabirimiz Tyler Brewer törende ve aktaracak daha çok şeyi var.*
MUHABİR: *Aynen öyle, Jim. ABD sahil güvenlik ekipleri yirmi altı gün süren kapsamlı arama kurtarma çalışmalarının ardından Galaxy'nin denizde kaybolduğunu resmen ilan etti. Bir çeşit patlama ya da çarpışma sonucunda teknenin havaya uçtuğuna inanılıyor. Patlamanın sebebi ise henüz bilinmiyor.*
HABER SUNUCUSU: *Tyler, kaybolanların listesi çok enteresan, değil mi? Eski bir başkan, dünya liderleri, endüstriye yön verenler, popüler simalar.*
MUHABİR: *Evet, öyle. Belki de bu nedenle yabancı hükümetler bu trajedinin sebebini araştırmak, bir şekilde siyasi veya finansal sebebi olup olmadığından emin olmak için çağrıda bulunuyor.*

HABER SUNUCUSU: *Fakat sanırım cenaze törenleri şu an için öncelikli geliyor, ki bu durumda cenazesi yapılan bedenlerin ortada olmadığı düşünülünce durum daha acı verici.*
MUHABİR: *Evet. Burada, Jason Lambert'i anma töreninde tabut veya mezarlık töreni yapılmayacak. Üç eski eşi ve beş çocuğundan oluşan ailesi ile arkadaşları onu unutmayacak. Uzun zamandır iş ortağı olan Bruce Morris dışında ailesinden veya arkadaşlarından kimsenin konuşma yapmayacağı söylendi.*
Jason Lambert elbette çok konuşulan biriydi, dünyaya servetini göstermekten zevk alan son derece zengin bir adamdı. Bir eczacının oğlu olarak Maryland'de büyümüş ve çalışma hayatına elektrikli süpürge satıcısı olarak başlamıştı. Üç yıl içinde çalıştığı işi devraldı. Kısa süre sonra şirketini büyütüp başka şirketler aldı, nihayetinde finans alanında yüksek lisans derecesini elde etti ve dünyanın en büyük üçüncü fonu haline gelen ünlü yatırım fonu Sextant Capital'ı kurdu. Diğer şirketlerinin yanı sıra bir film stüdyosuna, bir havayolu şirketine, profesyonel bir beyzbol takımına ve Avustralya'da bir ragbi kulübüne sahipti. Lambert aynı zamanda tutkulu bir golfçüydü.
Muazzam Fikir, Lambert'in son eseriydi. Bazıları tarafından idealist bir fikir olarak değer görürken, bu fikri zengin ve güçlü insanların anlamsız bir toplantısı olarak görenler tarafından ise eleştirildi. Elbette kimse yolculuğun bu kadar karanlık bir dönemece gireceğini bilmiyordu. Jason Lambert'in 64 yaşında hayatını kaybettiğine inanılıyor.
HABER SUNUCUSU: *Şunu da belirtelim, denizde kaybolan ünlü isimlerin yanı sıra o teknede işçiler, mürettebat, servis personeli de vardı, değil mi?*
MUHABİR: *Evet. Onlar da anılmalılar.*

Deniz

Bernadette gitti, Annabelle! Gitti! Sakinleşmeliyim. Aklıma mukayyet olmalıyım. Neler olduğunu bir bir yazacağım. Birilerinin bunu bilmesi gerekiyor!

Dün sana "Tanrı" dediğimiz adamın Bernadette'in vücuduna belli belirsiz elini değdirdiğini ve onun da gözlerini açtığını anlatmıştım. Hepimiz gözlerini açtığını ve Jean Philippe'e fısıldadığını gördük. Jean Philippe öyle mutluydu ki. "Bu bir mucize! Tanrı'nın bir mucizesi!" deyip durmuştu. Bunu sana anlattım, değil mi? Özür dilerim. Kafam çok karışık, yaşananları net hatırlayamıyorum.

Dün gece çok huzursuz geçti, filika dalgalar üzerinde sallanıyordu. Belki dört saattir dışarıdaydım. Rüyamda bir barbekü restoranındaydım. Koku o kadar gerçek, o kadar keskindi ki.

Ama ne kadar boynumu uzatıp mutfağa bakınsam da yemek gelmedi. Sonra birden bir müşterinin feryadını duydum.

Jean Philippe'in ağlama sesine uyanmıştım.

Döndüm ve onu başı öne eğik, kolları iki yana sarkmış halde buldum. "Tanrı"nın eli omzundaydı. Aralarındaki alan, Bernadette'in uzandığı yer şimdi boştu.

"Jean Philippe," dedim boğuk bir sesle. "Karın nerede?"

Cevap yoktu. Nevin uyanıktı. Yaralı bacağına bakıyordu. Bakışlarını yakalığımda yalnızca başını salladı. Bayan Laghari de uyanıktı, ama o sadece karanlık okyanusa bakıyordu.

"Bernadette nerede?" diye daha yüksek bir sesle tekrarladım. "Bir şey mi oldu? Nereye gitti?"

"Bilmiyoruz," dedi Nevin sonunda.

Parmağıyla Jean Philippe ve Tanrı'yı işaret etti.

"Konuşmuyorlar."

Üç

Kara

LeFleur sırtını büyük bir kayaya dayayıp defteri çıkardı ve yakından inceledi. Sayfaları muhtemelen tuz yüzünden birbirine yapışmıştı; bunun hassasiyet gerektiren bir süreç olduğunu fark etti. Ama içinde yazılar vardı. İngilizce. Ellerinin titrediğini hissetti. Kırılan dalgalara baktı ve ne yapacağını düşündü.

LeFleur, yaşamının büyük bir kısmında kurallara uyan biri olmuştu. Okulda başarılıydı, izcilikte rozetler kazanmış, polislik sınavlarında yüksek puanlar almıştı. Emniyet müdürlüğü eğitimi almak için Montserrat'ı terk edip İngiltere'ye gitmeyi bile düşünmüştü. Kolluk kuvvetlerinde görev almak için boyu uygundu, uzun boylu, geniş omuzluydu. Gülümsemesini gizleyen ve onu oldukça ciddi gösteren kalın bıyıkları vardı.

Ama sonra Patrice ile tanıştı. On dört sene önce, Montserrat'ta her sene düzenlenen geçit törenleri, kostümlü performanslar ve

Calypso King yarışması içeren bir yılbaşı partisi. Dans ettiler. İçtiler. Biraz daha dans ettiler. Tam gece yarısında öpüştüler ve yeni yıla tutkuyla girdiler. Sonraki birkaç ay boyunca her gün görüştüler, yakında evlenecekleri şüphe götürmeyen bir gerçekti.

Yaz gelmeden evlendiler. Sarıya boyadıkları güzel bir ev ve üzerinde uzun saatler geçirdikleri sayvanlı bir yatak aldılar. LeFleur, Patrice'in yataktan kalkıp uzaklaşmasını izlerken gülümser, geri dönüşünü izlerken ise daha çok gülümserdi. İngiltere'yi unut, diye düşünmüştü. Hiçbir yere gitmiyordu.

Birkaç sene sonra bir çocukları oldu, Lilly, ve her yeni anne babanın yaptığı gibi ona taptılar; her hareketinin fotoğrafını çektiler, ona çocuk şarkıları öğrettiler, pazar yerine gittiklerinde onu omuzlarında taşıdılar. LeFleur ikinci yatak odasını pembeye boyadı ve tavana da onlarca küçük pembe yıldız ekledi. Jarty ve Patrice, her gece Lilly'yi bu yıldızların altında yatırdılar. O günlerde kendini çok iyi hissettiğini hatırladı, biri ona yanlışlıkla iki kat mutluluk vermiş gibi bunu hak etmediğini düşünüyordu.

Sonra Lilly öldü.

Yalnızca dört yaşındaydı. Patrice'in annesi Doris'lerde kalıyordu ve o sabah sahile gitmişlerdi. Kalp rahatsızlığı çeken Doris kahvaltıda yeni kullanmaya başladığı ilaçtan almıştı, bunun onu sersemleteceğini bilmiyordu. Bir plaj sandalyesinde, sıcak güneşin altında uyuyakaldı. Gözlerini kırpıştırıp açtığında torununun kıyıya vuran dalgaların arasında yüzüstü ve hareketsiz yattığını görmüştü.

Lilly bir hafta sonra toprağa verildi. LeFleur ve Patrice o günden beri sanki bir sisin içindeydiler. Dışarı çıkmıyorlardı. Neredeyse hiç uyumuyorlardı. Günlerini sürünerek geçirip gün sonunda kendilerini yastıklara bırakıyorlardı. Yemekler tatsızdı. Konuşmalar azalmıştı. Üzerlerine bir uyuşukluk çökmüştü ve biri "Ne?" dedikten sonra diğeri "Ne?" diyene ve sonra biri "Ben bir şey demedim," diyene kadar uzun süreler boyunca belirsiz bir noktaya bakıp dururlardı.

Dört yıl geçti. Zamanla komşularına ve arkadaşlarına çift olarak dengelerini bulmuş gibi göründüler. Gerçekte, kendi özel Montserrat'larında havaya uçmuş, küller içinde kalmışlardı. LeFleur, Lilly'nin odasının kapısını kapatmıştı. O zamandan beri içeri girmedi. İçine kapandı ve Patrice yaşananları konuşmak istediğinde başını iki yana salladı.

Patrice, teselliyi inançta buldu. Sık sık kiliseye gitti. Her gün dua etti. Lilly'nin "Tanrı'nın yanında olduğundan" bahseder ve arkadaşları Lilly'nin daha iyi bir yerde olduğunu ve bir daha asla endişe etmemesi gerektiğini söylediğinde gözyaşlarıyla başını sallardı.

LeFleur bunu kabullenemedi. Tanrı'yı, İsa'yı, Kutsal Ruh'u, kilisede çocukken kendisine öğretilen her şeyi reddetti. Hiçbir merhametli tanrı çocuğunu bu şekilde elinden almazdı. Hiçbir cennetin dört yaşındaki bir çocuğa ihtiyacı yoktu ki kızı boğulmak zorunda kalsın. İnanç? Ne aptallık, diye düşünürdü. LeFleur için dünya karanlık ve mantıksız bir yer haline geldi. Daha çok içki içti. Daha çok sigara içti. Onun için yalnızca birkaç şeyin önemi vardı. Sarı boyalı ev ve sayvanlı karyola bile lüzumsuz görünüyordu. Mutsuzluğun gücü, gölgesinin uzandığı yer kadardır. Görüş alanındaki her yeri karartır.

Ama bu turuncu filika ve içindeki gizli defter? Onlar bu sefalet içinde bir sarsıntı gibiydi. Neden olduğundan emin değildi. Belki de bir şeyin –hatta birkaç sayfalık bir şeyin– bir trajediyi atlatması ve onu bulmak için okyanusun öteki ucuna gelmiş olması fikriydi. Hayatta kalmıştı. Ve bu mücadeleye tanık olmak kendimize inanmamızı sağlayabilirdi.

Dikkatli bir şekilde defterin kapağını ilk sayfadan ayırdı. İç içe geçmiş bir el yazısı gördü. İç kapağın üzerinde mavi mürekkeple yazılmış bir mesaj vardı.

Bunu bulan kişiye...
Kimse kalmadı. Günahlarımı bağışla.
Seni seviyorum, Annabelle DeChapl...

Gerisi koparılmıştı.

Deniz

Filikadaki sekizinci günümüz, Annabelle. Dudaklarımda ve omuzlarımda kabarcıklar oluştu, yüzüm sakallarım yüzünden kaşınıyor. Yemek konusunu takıntı haline getirdim. Aklım fikrim yemekte. Şimdiden derimin kemiklerim üzerinde daha da gerginleştiğini hissediyorum. Gıda olmadığında vücut önce yağ yakar, sonra da kaslar erir. Zamanla sıra beynime gelecek.

Bazen ayaklarım uyuşuyor. Sanırım bunun sebebi hareketsizlik ve birbirimize yer açmak için sıkışık oturmamız. Filikanın dengesini korumak için yer değiştiriyoruz. Arada bir bacaklarımızı esnetmek için mikado çubukları gibi birbirimizin üstüne uzatıyoruz. Filikanın zemini hep ıslak, bu da ayaklarımızın sürekli ıslak olduğu anlamına geliyor, ki bu da geçmeyen yaralar ve kabarcıklar demek. Geri, düzenli olarak kalkıp hareket etmemiz gerektiğini, aksi takdirde yara ve hemoroid riskini arttıracağımızı söylüyor.

Ancak filikanın dengesi bozulmadan hepimiz aynı anda kalkamıyoruz, bu yüzden sırayla hareket ediyoruz; biri dizlerinin üzerinde dolaşıyor, sonra biri, sonra bir başkası, hapishane bahçesindeki egzersiz araları gibi. Geri, konuşmaya devam etmemiz gerektiğini, sohbet etmemizin önemli olduğunu da söylüyor, bu beynimizin sağlam kalmasını sağlayacakmış. Bu çok zor. Günün büyük bir kısmı çok sıcak geçiyor.

Geri, *Galaxy*'de bir misafirdi ama filikada bizi bir arada tutan güç o oldu. Küçükken bir süre yelken yapmış; okyanusta bolca zaman geçirdiği Kaliforniya'dan geliyor. İlk başlarda teknede çalıştığımız için insanlar cevap ararken bana ve Jean Philippe'e bakıyordu. Ancak Jean Philippe artık çok az konuşuyor. Karısının yasını tutuyor. Ben ise *Galaxy*'den önce yalnızca bir teknede güverte görevlisi olarak çalışmıştım. Yangını nasıl önleyeceğimi ve temel ilkyardımı öğrenmem gerekiyordu. Ama çoğunlukla temizlik, zımpara ve cila yapıyordum. Ve konuklarla ilgileniyordum. Bunların hiçbiri beni şu anda katlanmak zorunda olduğumuz şeye hazırlamamıştı.

Geri'nin hesaplamalarına göre son şişe suyumuz yarın bitmiş olacak. Hepimiz bunun ne anlama geldiğinin farkındayız. Su yoksa kurtuluş da yok. Geri, içilebilir su üretmek için acil durum çantasından çıkan, yoğuşma özelliği ve konik plastik yapısı olan güneş enerjili damıtıcı üzerinde çalışıyor. Bir iple filikanın arkasından sürüklenecek şekilde sistemini kurdu. Fakat şimdiye kadar bir etkisi olmadı. Bir işe yaramaz, diyor. Gerçek şu ki, filikada on kişi olduğumuzu düşünürsek yeterince su üretmek için nasıl yeterli olabilirdi?

On kişiyiz dedim, değil mi? Sana Bernadette'in akıbetini anlatmadığımı şimdi fark ettim. Bağışla beni, Annabelle. Son iki günde olanları yazacak gücü kendimde bulamıyorum. Yaşadığım şoku atlatmak çok uzun sürdü.

***

Jean Philippe'i nihayet konuşturmayı başaran kişi Bayan Laghari oldu. Saatlerce konuşmamış, sessizce gözyaşı dökmüştü. Tanrı yanında oturmuş, avuçlarında tuttuğu küreği çeviriyordu.

Sonunda Bayan Laghari dizlerinin üzerinde yükseldi. Üzerinde hâlâ Geri'nin ona verdiği uzun pembe tişört vardı. Kır saçlarını kulağının arkasına sıkıştırdı. Kısa boylu bir kadın ama insanlar üzerinde saygı uyandıran bir hali var. Kendinden emin bir sesle "Bay Jean Philippe. Yas tutuyorsunuz, anlıyorum. Ama Bernadette'e ne olduğunu bize anlatmalısınız. Aramızda sır olamaz. Bu adam onu dirilttikten sonra," –parmağıyla Tanrı'yı gösterdi– "başka bir şey mi yaptı?"

"Tanrı hiçbir kötülükte bulunmadı, Bayan Laghari," diye fısıldadı Jean Philippe. "Bernadette ölmüştü."

Bazılarımız nefesini tutmuştu.

"Ama uyanmıştı," dedi Nevin.

"İyi görünüyordu," diye ekledim.

"Onu iyileştirdiğini sandık," dedi Nina.

"Bir saniye," dedi Yannis. "Onu iyileştirip iyileştirmediğini sormuştum, o da iyileştirmediğini söylemişti."

Tanrı'ya döndü. "Ama iyi olduğunu söylemiştin?"

"Evet, iyi," diye cevapladı Tanrı.

"O gitti."

"Daha iyi bir yere."

Lambert, "Seni kendini beğenmiş piç," dedi. "Ona ne yaptın?"

"Lütfen, durun," diye fısıldadı Jean Philippe. Ellerini alnına dayadı. "Bernadette benimle konuşuyordu. Tanrı'ya güvenme vaktinin geldiğini söyledi. Ben de 'Tamam, *cherie*, güveneceğim,' dedim. Sonra gülümsedi ve gözlerini kapadı." Sesi titriyordu. "Sizce de çok güzel gülümsemiyor muydu?"

Bayan Laghari öne doğru eğildi. "Bunu başka kimse gördü mü?"

"Alice," dedi Jean Philippe. "O zavallı çocuk. Ona Bernadette'in uyuduğunu söyledim. Sadece uyuduğunu. Güzel bir... uykudaydı."

Jean Philippe kendini daha fazla tutamadı. Birçoğumuz ağlıyorduk, yalnızca Bernadette için değil, kendi halimize de ağlıyorduk. Görünmez bir kalkan yerle bir olmuştu. Ölüm, ilk ziyaretini gerçekleştirmişti.

"Bedeni nerede?" dedi Lambert.

Cevabı bu kadar aşikârken bu soruyu neden sorduğunu anlamadım.

"Tanrı bana ruhunun onu terk ettiğini söyledi," dedi sertçe.

"Ne? Onu denize atmanı mı söyledi? Biricik karını?"

"Kes şunu, Jason," diye parladı Bayan Laghari.

"Onu okyanusa mı attın?"

"Kes sesini, Jason!" diye çıkıştı Yannis.

Lambert, yüzünde sahte bir gülümsemeyle yerine oturdu.

"Ne Tanrı ama..." Sesinde alay vardı.

***

Bu akşam günbatımında bir grup gölgeliğin dışında oturuyorduk. Akşam karanlığı beraberinde korku getiriyor. Aynı zamanda bizi birbirimize yaklaştırıyor, hiçbirimizin göremediği bir istilacıya karşı toplanmışız gibi. Bu gece, özellikle Bernadette'in yokluğunda, daha bir savunmasız hissediyorduk. Ağzımızdan tek bir kelime çıkmayalı uzun bir zaman olmuştu.

Sonra birdenbire Yannis şarkı söylemeye başladı.

John B'nin yelkenlerini kaldırın,
Bakın görün ana yelken nasıl havalanacak...

Durup etrafına bakındı. Birbirimize bakıyorduk ama hiçbir şey söylemedik. Nina'nın yüzünde cılız bir tebessüm vardı. Yannis devam etti. Sesi tiz ve yüksekti, uzun bir süre boyunca dinlemek isteyeceğiniz türden bir ses değildi.

Nevin, dirsekleri üzerinde doğruldu. Bir kez öksürdü ve "Eğer şarkı söyleyeceksen dostum, düzgün bir şekilde söyle," dedi.

Başını dikleştirdi. Çıkık âdemelmasını görebiliyordum. Boğazını temizledi ve şarkı söyledi.

John B'nin yelkenlerini kaldırın,
Bakın görün ana yelken nasıl havalanacak...

Bayan Laghari devam etti.

Kaptanı karaya çağırın,
Evime gideyim.

Hepimiz mırıldanarak eşlik etmeye başladık.

Evime gideyim,
Evime gitmek istiyorum,
Öyle yılgın hissediyorum ki, evime gitmek istiyorum.

"Yılmış," diye araya girdi Nevin. "Yılgın değil."
"Doğrusu yılgın," dedi Yannis.
"Orijinal sözleri böyle değil."
"Nasıl 'yılmış' hissedersin ki?" dedi Lambert.
"Yılgın!" diye son noktayı koydu Bayan Laghari. "Şimdi bir daha söyleyin."

Biz de söyledik. Üç veya dört kez.

Evime gideyim, evime gideyim,
Eve gitmek istiyorum, evet, evet...

Sözleri bilmiyor gibi görünse de Tanrı bile bize katılmıştı. Küçük Alice, daha önce hiç böyle bir şey görmemiş gibi izledi. Sesimiz, okyanusun gece karanlığına dağılmıştı ve o anda dünyada kalan tek insanlar olduğumuza inanmak güç değildi.

Haberler

HABER SUNUCUSU: *Dünyanın dört bir yanında henüz şaşkınlığını atamamış aileler, sevdikleri için anma törenleri düzenlerken, geçen ay batan Galaxy adlı teknede kaybettiklerimizi anma serisine başlıyoruz. Bu gece Tyler Brewer, korkunç bir yoksulluktan gelip, kendi sektöründeki en prestijli konumlardan birine yükselen olağanüstü bir kadının hayatından bahsedecek bizlere.*
MUHABİR: *Teşekkürler, Jim. Latha Laghari, Hindistan'ın Kalküta kentinin kenar mahallelerinden biri olan Basanti'de doğdu. Hayatının ilk dönemini tahta ve tenekeden yapılma bir kulübede geçirdi. Elektrik ve su yoktu. Günde yalnızca bir öğün yerdi.*
Ailesi bir kasırgada öldüğünde, Latha onu yatılı okula gönderen bir akrabası tarafından alındı. Kimya dersinde çok başarılıydı ve mezun olduktan sonra tıp okumayı hedefliyordu,

ama onun geçmişine sahip bir kadın için burs imkânı yoktu. Bunun yerine, kozmetik üretimi alanında bir iş bulduğu Avusturya'ya gidebilmek için para biriktirmesi gerektiğinden bir et paketleme fabrikasında iki sene çalıştı.

Latha'nın kimya bilgisi ve bitmek tükenmek bilmeyen çalışma isteği onu bir ürün test uzmanından, Avustralya'nın en büyük kozmetik şirketi Tovlor'da genel müdürlük pozisyonuna taşımıştı. Şu anda dünyanın en iyi yirmi kozmetik markasından biri haline gelen ve popüler Smackers ruj serisini üreten şirketini kurmak için 1989'da Avustralya'dan ayrılıp Hindistan'a gitti.

İlginçtir ki, Latha Laghari çok az makyaj yapan biriydi. Zarif ve boş konuşmayı sevmeyen bir iş kadını olarak bilinen Laghari, ceptelefonu iletişimi alanında bir servet kazanan eşi Dev Bhatt ile iki oğlan çocuğu yetiştirdi.

DEV BHATT: *"Latha, ailemizin dayanağıydı. İş hayatında ne kadar katıysa, çocuklarına karşı bir o kadar nazik ve sevgi doluydu. Her zaman çocuklarımıza ve bana zaman ayırırdı. Ailemizin, çocukken kaybettiği ailesi yerine kendisine verilmiş bir hediye olduğunu söylerdi."*

MUHABİR: *Latha Laghari, yıldızların kesiştiği Muazzam Fikir yolculuğu için Jason Lambert'in teknesine davet edildiğinde yetmiş bir yaşındaydı. Geride yaslı bir aile, Fortune 500 listesindeki şirketini ve Kalktüta'da kurduğu Kadın Eğitim Merkezi'ni bıraktı. Bir keresinde bir röportajında Laghari, hayatının ileriki dönemlerinde aldığı tüm eğitimlere rağmen Basanti mahallesindeki gecekondular arasında geçirdiği ilk altı yılının ona en önemli hayat dersini verdiğini söylemişti. Kendisine bunun ne olduğu sorulduğunda ise şöyle demişti: "Yarın olana dek hayatta kalmaya çalış."*

Deniz

Dokuzuncu gün, Annabelle. Etraf karanlık ve çok yorgunum. İki kez sana yazmaya çalıştım ama başaramadım. Hâlâ bu sabah olanların etkisindeyim. Ölüm bir kez daha yüzünü gösterdi.

Geri dizlerinin üzerinde bana yaklaştığında filikanın arka kısmında dinleniyordum. "Madem bir defterin var Benji," dedi, "neden bir envanter hazırlamıyorsun? Elimizde kalan malzemenin sıkı takibini yapmamız gerekiyor."

Başımla onayladım. Sonra arkasını döndü ve herkesten elinde kalanları getirmesini ve filikanın ortasına bırakmasını istedi. Çok geçmeden sahip olduğumuz şeylerin ne kadar da az olduğunu fark ettik.

Yalnızca yarım şişe suyumuz kalmıştı.

Yiyecek adına acil durum çantasından çıkan üç tane protein barı, artı *Galaxy* battığı gece okyanusa saçılanlardan topladıklarımız, dört paket kurabiye, iki kutu mısır gevreği, üç elma ve Geri'nin tekneden atlamadan önce çantasına attığı bir kutu fıstık ezmeli kremalı kurabiye kalıntısı vardı.

Hayatta kalmak için elimizdeki ekipman yine acil durum çantasından çıkan iki kürek, bir el feneri, bir fırlatma ipi, bir bıçak, bir küçük pompa, bir su kovası, bir işaret fişeği, dürbün ve tamir aletlerinden oluşuyordu. Bir de deniz tutmasına karşı bir tane hap. Paketin kalanını ilk iki günümüzde yutmuştuk.

Geri'nin sırt çantasından da bir ilkyardım kiti, küçük bir aloe tüpü, birkaç tişört ve şort, bir makas, güneş gözlüğü, küçük motorlu fan ve bir tane genişçe şapka eklenmişti.

Son olarak dalgaların arasından rastgele topladığımız şeyler vardı: bir tepsi, bir tenis topu, bir koltuk minderi, yoga matı, bir plastik kutu dolusu kalem ve defterler –şu anda sana bunlar sayesinde yazabiliyorum– ve defalarca ıslanıp kurutulmasına rağmen filikadaki hemen herkesin okumuş olduğu bir araba dergisi. Bu dergi bize geride bıraktığımız hayatı hatırlatıyor.

Üzerimizde tekne batarken giydiğimiz kıyafetlerimiz vardı hâlâ: uzun pantolonlar, boyundan aşağı düğmeli gömlekler, Bayan Laghari'nin uzun mavi elbisesi. Belki kumaşı işimize yarardı.

Elimizde kalanları defterime not ederken kimse konuşmuyordu. Kalan yiyecek ve suyun bize uzun süre yetmeyeceğinin farkındaydık. Balık tutmaya yönelik başarısız girişimlerimiz oldu –sopa batırıp yakalamaya çalışmaktan teknenin yanından geçenleri elimizle tutmaya çabalamaya kadar şeyler denedik– ama elimizde bir olta iğnesi olmadan pek şansımız yoktu. Acil durum çantasında neden olta iğnesi olmadığını düşündüm. Geri, her şeyin bu çantayı kimin hazırladığına bağlı olduğunu söylüyor.

Ortadaki malzemelere bakıp göz deviren Lambert bir anda parladı: "Benim sermayemin geçen sene ne kadar olduğunu biliyor musunuz?"

Kimse cevap vermedi. Kimse umursamadı.

"Sekiz milyar," dedi yine de.

"Şu anda senin paranın ne önemi var?" diye sordu Nina.

Lambert, "Çok hem de," dedi Lambert. "İnsanların bizi aramaya devam etmesini sağlayacak para bu. Ve nihayetinde *Galaxy*'ye bu zararı kimin verdiğini bulacak olan para. Hayatımın geri kalanını buna harcamak zorunda olsam bile bana bunu yapan hayvanın peşine düşeceğim."

"Sen neden bahsediyorsun, Jason?" dedi Bayan Laghari. "Tekneye ne olduğunu kimse bilmiyor."

"*Ben* biliyorum!" diye haykırdı Lambert. "O tekne olup olabilecek en iyi tekneydi. Her bir ayrıntısı incelikle yapıldı. Kendi kendine batmış olma ihtimali sıfır. Birisi sabote etti!"

Başını kaşıdı, sonra tırnaklarına baktı. "Belki de beni öldürmeye çalışıyorlardı," diye mırıldandı. "Hah, ama şu işe bakın ki hâlâ hayattayım, sizi küçük pislikler."

Bana baktı ama bakışlarımı kaçırdım. Dobby'yi düşünüyordum. İkimizin de bu adamdan nasıl nefret ettiğimizi düşünüyordum.

Lambert, gülümsemekte olan Tanrı'ya döndü.

"Ne diye sırıtıyorsun, Looney Tunes?"

Tanrı hiçbir şey demedi.

"Umurunda mı bilmiyorum ama eğer gerçekten Tanrı'ysan ben seni hiçbir zaman çağırmadım. Bir kez bile. Okyanusun ortasındayken bile."

"Fakat ben yine de seni dinliyorum," dedi Tanrı.

"Kes konuşmayı," diye parladı Nina.

Lambert bakışlarını ona dikti. "Sen benim tekneme nasıl bindin? Ne iş yapıyorsun?"

"Konukların saçlarını yapıyorum."

"Ah, tabii ya," dedi Lambert. "Ve sen, Jean Philippe, mutfaktasın, değil mi?"

Jean Philippe başıyla onayladı.

"Ve sen, yazman çocuk, Benji. Sana ne için para ödediğimi nasıl oluyor da bilmiyorum?"

Bakışlarını üzerimde hissettim. Bedenim altüst olmuş gibiydi. Beş ay boyunca *Galaxy*'de çalışmıştım. Kim olduğum hakkında hâlâ en ufak bir fikri yoktu. Ama ben onu tanıyordum.

"Güvertede görevliyim," dedim.

Lambert homurdandı. "Bir güverte görevlisi, kuaför ve aşçı. Amma faydalı bir ekip."

"Uzatma, Jason," dedi Geri. "Benji, hepsini yazabildin mi?"

"Neredeyse," diye cevapladım.

"Daha fazla içimde tutamayacağım," diye bir anda parladı Nina. "Eğer kötü bir şey olursa" –parmağıyla Lambert'i gösterdi– "bunun yüzündendir."

"Ayyynen öyle. Tamamen benim hatam," diye yanıtladı Lambert. "Ama bakın, hiçbir şey olduğu yok, değil mi? Eh, yani."

Tam o sırada Tanrı'nın elini salın yanına koyduğunu fark ettim. Suda bir aşağı bir yuları gidip geliyordu. Tuhaftı.

Bir dakika sonra filikanın kauçuk zemini, aşağıdan bir şey onu delmeye çalışıyormuş gibi gümbürdemeye başladı.

"Köpekbalıkları!" diye bağırdı Geri.

Söylediği şeyi tam olarak anlayamadan altımızdaki zemin bir kez daha gümbürdedi. Sonra aniden filika öne atıldı ve hepimiz devrildik. Birkaç saniye sonra durdu, sola geçti ve tekrar bizi öne fırlattı.

Geri, "Bizi sürüklüyorlar," diye bağırdı. "Sıkı tutunun."

Herkes güvenlik halatlarına tutundu. Filika ileri atıldı. Sonra ön tarafı yarısına kadar yükseldi, o sırada bizi alaşağı etmeye çalışıyormuş gibi görünen o devasa yaratığın gri-beyaz derisini gördüm. Geri, Nevin ve Jean Philippe öne doğru düştüler ve erzaklarımız etrafa saçıldı, bazılarıysa okyanusa döküldü.

"Eşyaları koruyun!" diye bağırdı Lambert.

İşaret fişeği tabancasını ve kovayı tuttum. Bayan Laghari, mavi elbisesine dolanmış ve suya düşmekte olan dürbünü almak için ayağa kalkmıştı. Filika çılgınca sarsıldı, Bayan Laghari dengesini kaybedip suya düştü.

"Aman Tanrım!" diye bir çığlık kopardı Nina. "Onu sudan çıkarın!"

Filikanın köşesine fırladım ama Bayan Laghari ulaşamayacağım bir noktada kollarını savuruyor ve su tükürüyordu. Çığlık atamayacak kadar şok olmuştu.

"Sabit kal!" diye bağırdı Geri. "Seni alacağız. Hareket etme." Filikayı daha yakınına çekmek için bir kürek kaptı. Bayan Laghari, yüzeyde kalmak için kollarını çırpmaya devam ediyordu.

"Çek onu ŞİMDİ, Benji!" diye bağırdı Geri. Kollarımı uzatarak öne doğru eğildim. Ama onunla temas kuramadan Bayan Laghari bir su dalgasının arkasında kaldı. Sanki bir füzeyle vurulmuş gibiydi. Korku içinde geri çekildim. Hâlâ o görüntüyü zihnimden kazıyabilmiş değilim, Annabelle. Yana doğru öylece savruldu ve gözden kayboldu.

"Nerede?" diye çığlık attı Nina.

Geri sağa sola döndü. "Ah, hayır, hayır, hayır..."

Kırmızı kanın suda yayılışını gördük.

Bayan Laghari'yi bir daha hiç görmedik.

Nefes nefese filikanın zeminine çöktüm. Nefes alamıyordum. Hareket edemiyordum. Küçük Alice'i kollarının arasında tutan Tanrı'yla bir an göz göze geldim. Bakışları beni delip geçiyormuş gibi olduğum tarafa bakıyordu.

Dört

Kara

LeFleur, bedeni hafif bükük bir şekilde aracı sürüyordu. Plastik poşeti gömleğinin içinde sıkıştırmıştı ve Rom'dan saklamak için elinden geleni yapıyordu. Gerçi Rom'un pek umurunda değildi. Kıvırcık saçlarını havalandıran esintiye kendini vermiş, arabanın penceresinden dışarı bakıyordu.

LeFleur defterdeki yalnızca ilk birkaç paragrafı okuyabilmişti. Sayfayı çevirmeye çalıştığında elinde parçalanmıştı. Daha fazla zarar vermekten korkarak defteri poşetine geri koydu. Ama yeterince okumuştu. Uzmanlar yanılıyordu. Batan *Galaxy*'den sağ çıkan yolcular vardı. Şimdilik bunu bilen tek kişi oydu.

Filika sahilde kaldı –polis arabasına sığmayacak kadar büyüktü– bu yüzden LeFleur, Kraliyet Savunma Kuvvetleri'nden iki adamı, ertesi gün bir kamyon getirene kadar onun başında durmaları için görevlendirdi. Çalışanlar çoğunlukla gönüllülerden oluşuyordu. LeFleur, onların yaptıklarının bilincinde olduklarını umuyordu.

"Birazdan mola vereceğiz," dedi LeFleur, "yiyecek bir şeyler alırız, olur mu?"

"Tamam, komiserim."

"Acıkmışsındır?"

"Evet, komiserim."

"Bak, şu resmi dili bir kenara bırakalım artık, tamam mı? Burada seni sorgulamıyorum." Bu sözler üzerine Rom döndü.

"Sorgulanmıyor muyum?"

"Hayır. Sen yalnızca kıyıya vurmuş bir sal buldun. Bir şey yapmadın."

Rom uzaklara baktı.

"Değil mi?" dedi LeFleur.

"Evet, komiserim."

Ne tuhaf bir tip, diye düşündü LeFleur. Kuzey kıyısı bu tipte birçok erkeği kendine çekiyor gibiydi, asla acelesi olmayan, zayıf, pejmürde avareler. Çok sigara içer ve bisiklet sürerler ya da yanlarında gitar taşırlardı. LeFleur genellikle onların kayıp ruhlar olduklarını ve bir sebepten ötürü kendilerini Montserrat'ta bulduklarını düşünürdü. Belki de adanın yarısının yok olup, yanardağ küllerinin altında gömülü olması yüzündendir.

Küçük bir motele ait olan açık alanlı bir restorana girdiler. LeFleur dışarıdaki bir masayı işaret etti ve Rom'a oraya oturmasını söyledi.

"Ben lavaboya gideceğim," dedi Lefleur. "Ne istersen söyle."

İçeri girince resepsiyonun zilini çaldı. Arka taraftan, siyah saçları alnına dökülen orta yaşlı bir kadın çıktı.

"Nasıl yardımcı olabilirim?"

"Bak," dedi LeFleur alçak bir sesle, "bir saatliğine falan bir odaya ihtiyacım var."

Kadın etrafına bakındı.

"Yalnızca ben olacağım," diye iç çekti LeFleur.
Kadın bir kayıt formu çıkardı.
"Bunu doldurun," dedi düz bir sesle.
"Nakit ödeyeceğim."
Kadın formu kenara kaldırdı.
"Bir de kağıt havlunuz var mı?"

Birkaç dakika içinde LeFleur, çift kişilik bir yatak, bir masa, bir vantilatör ve mini bir buzdolabının üzerinde bazı dergilerin bulunduğu basit bir odadaydı. Banyoya gitti, suyu açtı, sonra da defteri plastik poşetinden çıkardı. Kiri çıkarmak ve sayfaları birbirine yapıştıran tuzu çözmek için defteri suyun altına sokup çıkardı. Sonra defteri bir havlunun üzerine koydu ve başka bir havluyla da üzerindeki suyu kuruladı. Bazı sayfaların arasına kâğıt havlu koydu ve bastırdı. Kısa bir süre sonra defterin kapağını açıp başlangıçtaki cümleleri tekrar okudu:

Onu sudan çıkardığımızda bedeninde tek bir çizik bile yoktu. Fark ettiğim ilk şey buydu. Geri kalanımız yara bere içindeydik ama o, pürüzsüz badem rengi derisi ve deniz suyuyla keçeleşmiş kalın telli ve koyu renkli saçlarıyla yara almamış görünüyordu.

Kimdi bu yabancı, diye merak etti LeFleur. Saatine baktı ve Rom'un ne kadar uzun bir süredir beklemekte olduğunu fark etti. İhtiyacı olan son şey bu herifin şüphelenmeye başlamasıydı.

Defteri masanın üzerine dik bir şekilde koydu, sonra sayfaları kurutmak için vantilatörü öne çekti. Hızla dışarı çıkıp kapıyı ardından kilitledi.

LeFleur restorana vardığında Rom köşede bir masada, önünde bir bardak buzlu su ile oturuyordu.

"Aradığınızı bulabildiniz mi, komiserim?"
LeFleur yutkundu. "Neyi?"
"Tuvaleti?"
"Ah, evet. Buldum."
Menüyü kaptı. "Hadi bir şeyler yiyelim."

Deniz

Şafak vakti, Annabelle. Hiç uyumadım. Sana yeniden yazabilmek için yeterince gün ışığı olmasını bekliyorum. Bayan Laghari'nin ölümü aklımdan bir türlü çıkmıyor ve burada bu konuyla ilgili konuşabileceğim kimse yok. Seninle konuşabildiğim gibi konuşamam kimseyle. Bir anı geçiyor aklımdan, şu an çok canlı bir şekilde anımsıyorum. Birkaç gün önce uyuyakalmıştım ve gözlerimi açtığımda Bayan Laghari'nin küçük Alice'in saçlarını taradığını görmüştüm. Bunu nazikçe, acele etmeden yapıyordu ve Alice, birinin ona dokunmasından keyif alıyor gibiydi. Yaşlı kadın küçük kızın kaküllerini düzeltti. Parmak uçlarını yalayıp Alice'in kaşlarının üzerine bastırdı. Son olarak "İşte, oldu," der gibi kızın omuzlarına dokunmuş ve Alice eğilip ona sarılmıştı.

Bayan Laghari artık yok. Filikada dokuz kişi kaldık. Bu satırları yazarken bile olanlara inanamıyorum. Bize ne oluyor?

***

Galaxy'nin battığı gece Bayan Laghari'nin ya da Alice'in ya da diğerlerinin filikada nasıl yaralandığını yazmamışım sana. Açıkçası pek hatırlamıyorum. Kendimi filikaya attıktan sonra öyle yorgun düşmüştüm ki bayılmış olmalıyım. Kendime geldiğimde sırtüstü yatıyordum ve birinin hafifçe yüzüme vurduğunu hissettim. Gözlerimi kırpıştırıp açtığımda kısa saçlı bir kadının bana bakmakta olduğunu gördüm.

"Çapaları attın mı?" dedi Geri.

Gerçeküstüydü: soru, ortam, yüzü, arkasındaki insanların puslu ay ışığıyla belli belirsiz aydınlanmış yüzleri. Jean Philippe ve Nina'yı mürettebattan tanıyordum. Diğerleri öyle ıslanmış ve korku içindeydi ki kim olduklarını çıkaramadım. Ağzım açık kalmıştı ve bir rüyaya bakıyormuş gibi başımı çevirdim.

"Çapalar?" diye yineledi Geri.

Başımı hayır dercesine salladım ve hızla uzaklaştı. Diğerleri oturmama yardım ederken onun acil durum çantasını çekip çıkardığını gördüm. İşte o zaman sekiz kişi olduğumuzu fark ettim: Yannis, Nevin, Bayan Laghari, Nina, Geri, Jean Philippe, tentenin altında başı sargılı bir şekilde yatan Bernadette ve ben.

Geri çapaları, iki küçük sarı kumaştan paraşütü buldu ve onları suya atıp filikadaki rondelalara bağladı.

"Bunlar bizi yavaşlatacak, böylece bizi bulabilecekler," dedi.

"Ama zaten çok sürüklendik."

Nina ağlıyordu. "Burada olduğumuzu bilen biri var mıdır?"

"Tekne acil durum sinyalleri göndermiştir. Sadece beklememiz gerekiyor."

"Neyi beklememiz gerekiyor?" diye sordu Bayan Laghari.

"Bir uçak, helikopter, başka bir tekne," dedi Geri. "Tetikte kalmalı ve bir şey görürsek işaret fişeğini kullanmalıyız."

Bizi üşüten üzerimizdeki ıslanmış kıyafetleri çıkarmamızı önerdi ve tekneyi terk etmeden kaptığı sırt çantasından Bayan Laghari'ye büyük, pembe bir tişört verdi. Bayan Laghari'nin Nina'dan elbisesinin arkasını açmasını ve sonra o elbiseden kurtulmaya çalışırken hepimizden arkamızı dönmemizi rica ettiğini hatırlıyorum. Bir cankurtaran botunda bile insanlar mahremiyetine önem veriyordu. Patlama, akşam yemeği sırasında yaşanmıştı ve filikaya binmeye çalışırken sırılsıklam olup yırtılan kıyafetlerimiz içindeki halimiz, dünyanın planlarımızı nasıl da önemsemediğinin acımasız bir hatırlatıcısıydı.

Bundan sonrasında çoğunlukla sessiz kaldık, yaklaşan bir uçak görmeyi umut ederek göğe bakıyorduk. Hiçbirimiz uyumamıştı. Aramızdan bazıları dua ediyordu. Gökyüzü aydınlanmaya başlayana dek başka birini görmedik. Geri, acil durum çantasından bir fener bulmuştu ve sırayla bir deniz feneri gibi sallıyorduk. Sabah beş sularında uzaklardan bir çığlık duyduk.

"Orada," dedi Geri eliyle göstererek, "yaklaşık yirmi derece sağımızda."

İleride, el feneri ışığı altında bir şeye tutunmuş bir adam vardı. Yaklaştıkça bu şeyin aslında *Galaxy*'nin fiberglastan yapılma gövdesinin bir parçası olduğunu ve ona tutunan kişinin de teknenin sahibi Jason Lambert olduğunu fark ettim.

Geri çekilip nefesimi kontrol altına almaya çalıştım. O olamazdı! Diğerleri onun şişman vücudunu filikaya çekmeye çalışırken Lambert gırtlağından iniltiler çıkarıyordu.

"Bu Jason!" diye bağırdı Bayan Laghari.

Lambert yan yattı ve kustu.

Geri, günün aydınlanmaya başlamasıyla netleşen ufka döndü. "Herkes dikkatlice buraya baksın! Başka birinin hayatta kalıp kalmadığını görmek için en iyi şansımız bu."

Ağzından bu kelime döküldüğünde gerçekler beni kendime getirdi. *Hayatta kalmak* mı? Biz *hayatta kalanlar* mıydık? Başka kimse yok muydu? Hayır. Bunu kabul edemezdim. Başkaları da olmalıydı. Başka bir filikada. Bu öfkeli denizin başka bir yerinde. Dobby'yi düşündüm. Ona ne olmuştu? Nereye gitmişti? Bu felaketten o mu sorumluydu?

Geri sırt çantasından dürbünü çıkardı, filikanın dört bir yanına yerleştik ve sırayla dürbünden baktık. Sıra bana gelmişti. İlk bakışta bu merceklerden bakıldığında her bir alçak dalga canlı bir şey gibi görünmüştü: bir yunus gördüğüme ya da deniz ışıltıları üzerinde alet edevatın parıldadığına yemin edebilirdim. Sonra kırmızı bir nokta gördüm. Kırmızı, okyanusun bir parçası sanabileceğiniz bir renk değildi.

"Sanırım birini gördüm!" diye bağırdım.

Geri dürbünleri alıp beni doğruladı. Cebinden ıslak bir kâğıt parçası çıkardı ve kenarından ufak bir parça kopardı, sonra da suya atıp onu izlemek için denize doğru eğildi.

"Ne yapıyorsun?" diye sordu Bayan Laghari.

"Akıntı," diye yanıtladı Geri. "Kâğıdın filikaya nasıl döndüğünü gördün mü? Olduğumuz yerde kalmayı başarırsak oradaki her kimse bize doğru gelecek."

Elimizle akıntıya karşı kürek çekmemizi istedi. Kırmızı figürün gittikçe bize yaklaşmasını izledim. Nihayetinde dürbünü elinde tutan Yannis bir çığlık kopardı, "Aman Tanrım... Bu bir çocuk!"

Bakmak için kürek çekmeyi bıraktık. Orada, güneş ışığının altında bir şezlonga tutunmuş, sekiz yaşlarında küçük bir kız vardı. Üzerinde kırmızı bir elbise vardı ve açık kahve saçları ıpıslaktı. Gözleri açıktı ama bakışları boştu, sanki sakince bir şeylerin başlamasını bekliyordu. Sanırım şoktaydı.

"Hey! İyi misin?" diye bağırdık. "Hey!"

Sonra *şlup!* Geri sudaydı. Şezlonga varana kadar yüzdü, sonra kızın kolları boynuna dolanmış bir şekilde geri yüzdü.

İşte Alice'i böyle bulduk.

Alice o günden beri tek bir kelime etmedi.

***

Güneş battığında ve gökyüzü kehribar rengine büründüğünde Geri ayağa kalktı ve herkese seslendi. "Bakın, Bayan Laghari'nin başına gelenin korkunç olduğunu biliyorum. Ama kendimize gelmeliyiz. Hayatta kalmaya odaklanmalıyız."

Tanrı'ya baktım. Elini suya soktuğundan ya da bana attığı o tuhaf bakıştan kimseye bahsetmedim. Hayal mi görüyordum? Olanlardan bir şekilde o mu sorumluydu? Ne tür bir Tanrı böyle bir şey yapardı ki?

Jean Philippe erzaklarımızdan geriye kalanları topladı. Dürbünü, güneş gözlüklerini ve en kötüsü de yiyeceklerimizin bir kısmını kaybetmiştik. Çapalar gitmişti. Köpekbalıkları alt boruda bir delik açmış, bu yüzden filika aşağı inmişti. İçeriye sürekli su sızıyordu. Birimiz biriken suyu durmadan dışarı çıkarmak zorundaydı. Geri, açılan deliği kapatmanın bir yolunu bulmaya çalışıyordu ama bu da filikanın altına inmek demekti ve olan bitenden sonra kimse bunu yapmak istemiyordu.

Geri küreklerden birini kaldırarak "Şu andan itibaren köpekbalıkları yaklaşırsa bunları kullanacağız," dedi. "Burunlarına isabet ettirmelisiniz. Sertçe."

"Bu onları kızdırmaz mı?" diye sordu Yannis.

"Köpekbalıkları kızmaz. Yalnızca koku aldıklarında ya da bir şey hissettiklerinde saldırırlar..."

"Kes şunu! Kes!" diye bağırdı Nina. "Bayan Laghari hakkında konuşmamız lazım. Ona *elveda* demeden ne olacağını konuşamayız! Bizim *sorunumuz* ne?"

Herkes sessizleşti. Açıkçası hiçbirimiz Bayan Laghari'yi iyi tanımıyordu. *Galaxy*'deki konuşmalarımızdan anladığım kadarıyla Hindistan'dan gelmişti, iki çocuğu vardı ve kozmetik ile ilgili bir iş yapıyordu.

"Onu sevmiştim," dedim sonunda sebepsizce. Sonra diğerleri de onu sevdiklerini söyledi. Yannis onun aksanını taklit etti ve aramızdan bazıları kıkırdadı. Gülmek o anda olacak şey değildi ama ağlamaktan daha iyi hissettiriyordu. Belki de birinin ölümünün ardından gülmek, onların bir şekilde hâlâ hayatta olduğunu kendimize hatırlatmanın bir yoluydu. Ya da kendimizin.

Nina, yabancıya bakarak, "Onun daha iyi bir yerde olduğunu söyle," diye yalvardı.

"Öyle," dedi.

Geri saçlarını kaşıdı. Uykuyla savaşan biri gibi başı bir aşağı bir yukarı hareket eden Nevin'e baktı.

"Nevin? Sen de bir şeyler söylemek ister misin?"

Nevin güçlükle gözlerini kırpıştırdı. "Ne? Ha... Evet... Sevecen biriydi." İç çekti ve yaralanan uyluğunu ovdu. "Kusura bakmayın. Korkarım bir işe yaradığım yok."

Nevin'in yaraları endişe verici boyuttaydı. Bileği *Galaxy*'nin güvertesindeki bir dolaba takıldıktan sonra korkunç bir şekilde bükülmüştü. Aynı dolabın üzerine düştüğünde oluşan uyluğundaki yarası kötü bir durumda ve iyileşmiyor. Günler geçtikçe koyu kırmızı bir renk aldı ve kötü bir kokunun yayıldığını fark ettik. Geri, yaranın içinde ufak metal bir parçanın kalmış olabileceğine ve bunun enfeksiyona sebep olduğuna inanıyor. Eğer öyleyse elimizden hiçbir şey gelmez. Ona yardım edemeyiz. Bayan Laghari'ye edemeyiz. Bernadette'ye edemeyiz. Bu durumdayken dua edip ölmeyi beklemekten başka yapabileceğimiz hiçbir şey yok.

Haberler

HABER SUNUCUSU: *Bu akşam Tyler Brewer, Galaxy'nin gizemli batışının ardından denizde hayatını kaybeden kurbanlarla ilgili hazırladığı serisine devam ediyor. Bu onuncu bölümde televizyonun çehresini yeniden yaratan bir İngiliz medya patronunun hikâyesini anlatacak.*
MUHABİR: *Teşekkürler, Jim. Amerikalıysanız Nevin Campbell ismi size tanıdık gelmeyecektir, ancak İngiltere'de onun imzasını taşımayan popüler bir TV programı yoktur desek yeridir. BBC'de çekirdekten yetişerek yükseldikten sonra şimdilerde diğer bütün kanallardan daha fazla İngiliz izleyicisi olan kendi kanalı Meteor'u kurdu.*
  Nevin Campbell, Meteor'u kurarken oldukça büyük bir risk almış, The Hill, Cleopetra ve Sherlock Holmes'u Tanır mısınız? gibi yapımların hazırlığı sırasında giderlerini finan-

se etmek için borçlanmıştı. Öyle bir hale gelmişti ki evi üç ayrı yere ipotekliydi ve bir araba almaya gücü yetmediği için Londra'da işlerini bisiklet sürerek hallediyordu. Fakat risk alarak başlattığı programlar çok izlenenlerden oldu ve Campbell, İngiltere'nin en başarılı medya figürlerinden biri haline geldi.

Times of London gazetesi, Campbell'in ölümünün hemen öncesinde kendisini 'Hollywood'un en büyük yapımcılarıyla eşdeğerde bir öncü. Eğer yapımcılığınızı üstlenirse muhtemelen bir milyoner; eğer sizi oyuncu olarak alırsa bir star olursunuz,' sözleriyle anlatmıştı.

Nevin Campbell başarılı bir ailenin çocuğu olarak dünyaya gelmişti. Babası, başarılı edebiyat ajanı Sör David Campbell, annesi ise Cambridge Üniversitesi'nde hukuk profesörüydü.

Campbell 1.80 boyundaydı ve öğrencilik yıllarında sırıkla atlamada oldukça başarılıydı. Bir zamanlar İngiltere'yi Olimpiyat Oyunları'nda temsil etmeyi hayal ediyordu ancak seçmelerde dördüncü sırada yer almasının ardından çekinceleri vardı. Yıllar sonra CNN'e "Bir daha asla parasız kalmamaya yemin etmiştim," demişti.

Jason Lambert onu Muazzam Fikir yolculuğuna davet ettiğinde Nevin Campbell elli altı yaşındaydı. Lambert ve Campbell, Meteor'un yapımı için yaptıkları bir anlaşmada tanışmışlardı. Campbell, uğursuz yolculuk başlamadan önce Galaxy'nin güvertesinde bir röportaj vermişti.

NEVİN CAMPBELL: *"Jason'ın dünyayı değiştirmek için burada olduğumuzu söylediğini biliyorum ama korkarım bu benim için biraz iddialı. Diğerlerinin konuşmalarını dinlemekten, birkaç şey öğrenmekten ve belki biraz da bronzlaşmaktan mutluluk duyacağım. Meslektaşlarım sürekli çalışmaktan solgun göründüğümü söylüyor."*

MUHABİR: *Campbell ve eşi Felicity, 2012 senesinde boşanmıştı. Üç çocukları vardı. Öldüğü sırada Campbell, İngiliz* *oyuncu Noelle Simpson ile nişanlıydı. Simpson, Instagram hesabından taziye dilekleri için teşekkür ettiği ve zor zamanında mahremiyetine saygı gösterilmesini istediğini ifade ettiği bir mesaj yayınladı.*

Deniz

Denizde onuncu günümüzü de atlattık, sevgilim. Bunun sebebi kader, kör talih veya filikadaki Tanrı olabilir. Dürüst olmak gerekirse artık ne düşüneceğimi bilmiyorum.

Dün başka bir sınav atlattık. Sabah saatlerinin büyük bir bölümünü sessizce oturarak ve dalgaların seslerini dinleyerek geçirdik. Hiçbirimiz bariz ortada olan şeyi konuşmak istemiyordu.

Sonunda Yannis konuştu.

"Nasıl hayatta kalacağız?" diye sordu. "Su olmadan?"

Sadece sudan bahsetmek bile susamama sebep olmuştu. Sana susuzluk hakkında hiçbir şey yazmadım Annabelle çünkü bu konuya ne kadar az odaklanırsam o kadar iyi. Ama bu çok elzem bir ihtiyaç. Susuzluğunu bastırana kadar bunu aklına hiç getirmemeye çalışırsın, sonra bu düşünce seni tüketip bitirir. Dudakların neme ihtiyaç duyar. Boğazın bir tahta kadar kuru hissettirir. Bir bardak buzlu Coca Cola veya kocaman bir bardak dolusu bira hayal edip ağzımın içinde tükürük oluşması için çabalıyorum, öyle net hayal ediyorum ki sıvının dişlerimin arasına dolduğunu hissedebiliyorum. Fakat bu yalnızca daha fazla susamama sebep oluyor. Bedenin en çok ihtiyaç duyduğu şeyden mahrum kalmak çok başka türlü bir işkence. Bütün düşüncelerin yalnızca bir şeye odaklanıyor: Nasıl su bulabilirim?

"Damıtma sistemi ne âlemde?" diye sordum Geri'ye.

"İçinde bir delik var," dedi başını sallayarak. "Yama yapsam bile tekrar açılıyor."

Nina, Tanrı'ya döndü. Çenesindeki siyah kılları ovuşturuyordu.

"Bir şey yapabilir misin?" diye ricada bulundu Nina. "Biliyorum, önce herkesin Tanrı olduğuna inanmasını istiyorsun. Ama ne kadar endişeliyiz görmüyor musun?"

Gözlerini kısarak güneşe baktı.

"Endişe sizin yarattığınız bir şeydir."

"Neden endişe yaratalım ki?"

"Bir boşluğu doldurmak için."

"Ne boşluğu?"

"İnanç."

Nina adama yaklaştı. Ellerini uzattı. "Ben inanıyorum." Jean Philippe yana kaydı ve ellerini Nina'nın ellerinin üzerine koydu. "Ben de öyle." Küçük Alice başını kaldırdı. Onunla birlikte üç kişi oldular. Sanki inançlarımıza göre ayrılmışız gibi filikada ani bir bölünme hissettim. Fakat düşündüm de, sanırım dünyanın büyük bir kısmı bu şekilde ayrışmış durumdaydı.

"Yardım et bize," diye fısıldadı Nina. "Çok susadık."

Adam yalnızca Alice'e baktı. Sonra gözlerini kapatıp arkasına yaslandı. Şekerleme yapıyor gibiydi. Bu nasıl bir tepkiydi, Annabelle? Dediğim gibi, adam bizi delirtiyordu.

Fakat o uyumaya başladığında gökyüzü değişmeye başladı. Beyaz bulutlardan oluşan ince bir şerit büyük kümelere dönüşmeye, bu beyaz bulutlar grileşmeye ve yoğunlaşmaya başladı. Kısa bir süre sonra güneş kaybolmuştu.

Birkaç dakika sonra yağmur damlaları düştü. İlk başta hafifti. Sonra şiddetlendi. Lambert'in başını arkaya attığını, ağzı açık bir şekilde yağmur damlalarını yuttuğunu gördüm. Nevin, "Bu gerçek mi?" dedi güçlükle soluyarak. Yannis gömleğini çıkardı, Jean Philippe de aynısını yaptı. İkisi, tuzdan kurumuş bedenlerini temiz suyla ovdu. Sağanak yağış duşumuz olmuştu, Nina'nın güldüğünü duydum.

"İçinde su biriktirebileceğimiz her şeyi getirin!" diye bağırdı Geri.

Defterin poşetini buldum ve içindekileri gölgeliğin altına boşalttım. Sonra yağmur damlalarını yakalamak için dışarı fırladım. Geri de su boşaltma kovasıyla aynı şeyi yapıyordu. Jean Philippe iki boş teneke kutuyu havaya kaldırdı ve temiz suyu içine doldurdu.

"Teşekkür ederim!" diye bağırdı göğe doğru. "Ah, teşekkür ederim, Bondyé!"

Fırtına çıktığına sevinmekle öyle meşguldük ki filikanın zemininde ne kadar çok su biriktiğini fark etmedik. Dizlerimi oynattığım gibi kaydım. Plastik poşete dolan su her yere saçıldı.

"Lanet olsun, Benji!" diye bağırdı Yannis. "Kalk ayağa. Tekrar doldur."

Lambert'in ağzı hâlâ bir balık gibi açıktı ve Nevin sırtüstü uzanmış, tepsiyi dişlerinin arasına yerleştirmiş, dudaklarına yağmur suyu akıtıyordu. Alice'i gülümserken gördüm; tepeden tırnağa sırılsıklam olmuştu.

Sonra fırtına geldiği hızda bitti. Bulutlar dağıldı ve güneş tekrar göründü.

Düştüğüm için neredeyse bomboş olan plastik torbaya baktım. Sonra Tanrı'ya döndüm, artık uyanmış, bizi izliyordu.

"Devam ettir!" diye bağırdım.

"Fırtınayı benim çıkardığıma inanıyor musun yani?" diye sordu.

Hazırlıksız yakalanmıştım. Elimdeki boş poşete baktım, sonra da "Eğer sen yaptıysan, yeterli değildi."

"Tek bir yağmur damlası kim olduğumu ispat etmeye yetmedi mi?"

"Devam ettir şu fırtınayı işte!" diye bağırdı Yannis. "Biraz daha su ver bize!"

Tanrı başını kaldırıp yok olmaya başlayan bulutlara baktı.

"Hayır," dedi.

Beş

Deniz

On ikinci gün. Eğer akıllıca pay edersek fırtınadan elimizde kalan su bize birkaç gün kazandırır. Yannis, filikanın tabanında biriken suları da almak istedi ama Geri hayır dedi, içine ne kadar deniz suyu karıştığını bilmiyorduk. İşi şansa bırakamayız. Deniz suyu içmek ölümcüldür. Kas spazmlarına, kafa karışıklığına ve en önemlisi de dehidrasyona sebep olur. Ne garip, Annabelle. Her yer su ile kaplı fakat tek bir damlası bile içilebilir değil.

Küçük bir zayiat daha verdik. El tipi vantilatör. Bir saat önce pili bitti. Pervane bıçakları durduğunda Geri, vantilatörü küçük Alice'in yüzüne tutuyordu. Çoğumuz onları izliyordu, bazılarımız sızlandı. En yüksek sesle sızlananımız Lambert'ti.

"Sen ziyan ettin," dedi.

"Kes sesini Jason," dedi Yannis.

Bu sabah erken saatlerde Tanrı gölgeliğin altında uyuyorken Geri, Yannis, Nina, Lambert ve ben açık alanda oturuyorduk. Açık alanda uzun saatler geçirmiyoruz çünkü güneş çok acımasız. Fakat bizi duyamayacağı bir yerde konuşmak istemiştik.

"Sizce yağmuru o mu yağdırdı?" diye fısıldadı Yannis.

"Aptal olma," dedi Lambert.

"Hâlâ okyanusta nasıl hayatta kaldığını bilmiyoruz," dedi Geri.

"Şansı yaver gitti. Ne var bunda?"

"Bizim gibi acıkıyor ve susuyor," dedim.

"Ve uyuyor," diye ekledi Yannis. "Tanrı neden uyur ki?"

"Peki ya Bernadette?" diye sordu Nina.

"Bunu açıklamak zor," diye kabullendi Yannis.

"Hayır, değil," dedi Lambert. "Ne yaptı tam olarak?"

"Onu hayata döndürdü."

"Bunu bilemezsin. Kendi kendine de uyanmış olabilir."

"Ertesi gün öldü," dedi Geri.

"Evet," diye ekledi Lambert. "Mucize bunun neresinde?"

"Yağmur bir tesadüf olabilir," dedi Yannis.

"Öyleyse nasıl oldu da öncesinde hiç yağmadı?" dedi Nevin.

"Peki ama en çok ihtiyacımız olduğu anda Tanrı neden yağmuru durdursun?" diye sordum.

"Eski Ahit'i oku," diye homurdandı Lambert. "Tanrı sebatsız, kötü ve kindardır. Dine hiç inanamamamın bir diğer sebebi de bu."

"Eski Ahit'i mi okudun?" diye sordu Geri.

"Okumam gereken kadarını," diye mırıldandı Lambert.

Jean Philippe sürünerek gölgelikten çıktı, biz de konuşmayı bıraktık. Karısının ölümüyle ilgili seçtiği şeyin doğruluğuna inanmak istiyor. Buna saygı göstermeliyiz.

Tüm bu olanlar sırasında Nevin iyiden iyiye güçten düşüyor. Oldukça solgun görünüyor ve tüm çabalarımıza rağmen bacağındaki yara gittikçe kötüleşiyor. Bir saat önce sana yazmaya başladığımda bana seslendiğini duydum. Dudakları yaralarla kaplıydı, sesi cılız ve durgundu.

"Benji..." diye mırıldandı iki parmağını havaya kaldırarak. "Buraya... gelebilir misin...?"

Sürünerek uzun, ince bedeninin yakınına gittim. Yaralı bacağı diğer tarafta yukarı kaldırılmış bir şekilde duruyordu.

"Ne oldu, Nevin?" dedim.

"Benji... Benim üç çocuğum var..."

"Ne güzel."

"Ben... senin yazdığını gördüm... şeye... deftere. Yani... acaba rica etsem... onlara benden bir mesaj... yazabilir misin?"

Başımı eğip kalemime baktım. "Tabii ki."

"Sorun şu ki ... ben onlarla... yapmam gerekenin aksine... pek vakit geçirmedim..."

"Sorun yok, Nevin, telafi edeceksin."

Bir hırıltı çıkardı ve gülümsedi. Bana inanmadığını görebiliyordum.

"En küçüğü... Alexander... o... çok iyi bir çocuk... biraz çekingendir."

"Evet..."

"Aynı benim gibi... uzun boylu... iyi bir kadınla evli... bir... bir tarih öğretmeni... sanırım..."

Sesi gittikçe azalıyordu. Gözlerini benden uzağa çevirdi.

"Devam et, Nevin. Ne yazmamı istersin?"

"Düğünlerine gidemedim," diye güçlükle mırıldandı. "İş toplantısı..."

Yalvarırcasına bana baktı.

"En küçük çocuğum... ben... ona dedim ki... yapacak bir şey yok..." Sağ eli gevşek bir şekilde göğsüne düştü. "Yapacak bir şey vardı."

Ne olduğunu çoktan anlamama rağmen ne yazmamı istediğini tekrar sordum. Gözlerini kırpıştırdı.

"Özür dilerim," dedi.

Kara

LeFleur sessizce evine girdi. Güneş çoktan batmıştı. Defteri bir evrak çantasına tıkmıştı.

"Jarty, nerelerdeydin?"

Partice mutfaktan çıktı. Bir kot pantolon ve ince gövdesine bol gelen dökümlü limon yeşili bir tişört giymişti. Ayakları çıplaktı.

"Kusura bakma."

"Sabah çıkıp gittin, bütün gün de aramadın."

"Haklısın."

"Ne oldu?"

"Yok bir şey. Kuzey kıyısında bir çöp yığıntısı birikmiş. Oraya gidip bir bakmak zorunda kaldım."

"Yine de arayabilirdin."

"Haklısın."

Bir süre duraklayıp LeFleur'e baktı. Dirseğini kaşıdı.
"Eee? İlginç bir şey var mı?"
"Pek sayılmaz."
"Yemek yaptım."
"Yorgunum."
"O kadar yemek hazırladım."
"Peki, peki."
Bir saat sonra yemeklerini bitirdiklerinde LeFleur futbol maçını izlemek istediğini söyledi. Patrice göz devirdi. LeFleur böyle yapacağını biliyordu. Aralarındaki iletişimin daha nazik olduğu, sohbetlerinin sevginin dokunuşuyla hayat kazandığı zamanları hatırladı. Lilly'nin ölümünde yaşanan yıkımda bunu kaybetmişlerdi.
"Ben yukarı çıkıyorum o zaman," dedi Patrice.
"Geç kalmam."
"Sen iyi misin, Jarty?"
"İyiyim."
"Emin misin?"
"Evet. Maç sıkıcıysa sonuna kadar izlemem."
Patrice cevap vermeden arkasını döndü ve merdivenleri tırmandı. LeFleur arka odaya gitti, televizyonu açtı, sonra defteri dikkatlice çantasından çıkardı. Yaptığı her hareketin yanlış olduğunu biliyordu. Bu defteri enkazdan almak. Üst makamlara bilgi vermemek. Patrice'e yalan söylemek. Sanki bir tavşan deliğine düşmüş ve kendini daha derinlere düşmekten alıkoyamamıştı. Bir yanı devam etmek, bir sonraki adımı atmak, hayatına bu beklenmedik misafirin girişinin sırlarını öğrenmek için üsteliyordu.
Defterin iç kapağındaki mesajı tekrar okudu:

Bunu bulan kişiye,
Kimse kalmadı. Günahlarımı bağışla.
Seni seviyorum Annabelle DeChapl...

Annabelle kimdi? Defterin yazarı bunun Annabelle'e ulaşacağına inanıyor muydu? Ve bu sayfalar ne kadar bir süreyi anlatıyordu? Birisi denize yenik düşmeden önce birkaç gün mü geçirmişti? Yoksa daha uzun bir süre mi? Haftalar? Aylar?

Bir anda telefon çaldı. LeFleur, iş üstünde yakalanmış bir hırsız gibi sıçradı.

Saatine baktı. Pazar akşamı dokuz otuz?

"Alo?" dedi tereddütle.

"Komiser LeFleur ile mi görüşüyorum?"

"Kimsiniz?"

"Benim adım Arthur Kirsch. Miami Herald gazetesinde çalışıyorum, bir şeyi teyit etmek isterim."

LeFleur cevap vermeden önce duraksadı.

"Nedir?"

"Montserrat'ta *Galaxy*'ye ait olan bir cankurtaran botunun bulunduğunu doğrulayabilir misiniz? Böyle bir enkaz buldunuz mu efendim?"

LeFleur güçlükle yutkundu. Kucağındaki deftere baktı. Telefonu kapattı.

Deniz

Nevin öldü.

Dün hayalet gibi solgunlaşmış, bilinci bir gidip bir gelmeye başlamıştı. Hiçbir şey yiyemez haldeydi. Bazen öyle yüksek sesle inliyordu ki bazılarımız kulaklarımızı kapatıyorduk.

"Yarasına bir şey girmişti," diye fısıldadı Geri. "Bir metal ya da kendini yaraladığı o şey her neyse. Enfeksiyon temizlenemiyor. Eğer sepsise girdiyse..."

"Ne?" dedim çekinerek.

"Ölecek mi?" diye sordu Jean Philippe.

Geri, bakışlarını yere çevirdi. Bunun evet demek olduğunu biliyorduk.

Onu ilk bulan küçük Alice oldu. Gündoğumundan az sonra tişörtümü çekiştirdi. Nevin uyuyor sandım ama Alice onun elini alıp havaya kaldırdı, serbest bıraktığında gevşek bir şekilde düştü. Zavallı Alice. Hiçbir çocuk onun bu filikada gördüklerine şahit olmanın yükünü taşımamalı. Konuşmamasına şaşmamak gerek.

Küçük bir tören yaptık. Nina dua etti. Sessizce oturduk, topluca bir anma konuşması yapmaya çalıştık. En nihayetinde Lambert, "Harika bir yapımcıydı," dedi.

Tanrı dizlerinin üstünde yükseldi. "Onun hakkında söylenecek daha iyi şeyler vardır elbette." *Galaxy* battığında Yannis'in üzerinde olan beyaz kıyafeti giyiyordu. Tek tek hepimize baktı.

"Nevin'in üç çocuğu vardı," diye söze karıştım. "İyi bir baba olmak istiyordu."

"Şarkı söylerken sesi güzeldi," diye ekledi Yannis. "*Sloop John B*'yi söylediği zamanı hatırladınız mı?"

"Başkalarını sever miydi?" diye sordu Tanrı. "Muhtaçlara yardım eder miydi? Hal ve hareketlerinde alçakgönüllü müydü? Beni sever miydi?"

Lambert yüzünü ekşitti.

"Biraz saygın olsun," dedi. "Adam öldü."

***

Dün gece bir rüya gördüm. Bir ses beni uyandırdığında filikada uyuyordum. Başımı kaldırıp baktığımda ufuk çizgisi dev bir gemi tarafından kapatılmıştı. Beyaz gövdesi devasaydı, gemi pencereleri noktalar halindeydi ve güverteler yüzyılın başında New York limanlarına gelenler gibi el sallayan insanlarla doluydu. Bir şekilde bu insanların *Galaxy*'deki yolcular olduklarını biliyordum. "Nerelerdeydiniz?" ve "Sizi arıyorduk!" diye bağırdıklarını duydum. Tam ortalarında uzun saçları ve dişlek gülümsemesiyle Dobby vardı. Elindeki şampanya şişesini sallayarak ona katılmam için el kol hareketleri yapıyordu.

Bir sarsıntıyla uyandım ve gözlerimi kısarak yükselmekte olan güneşe baktım. Ufukta hiçbir şey yoktu. Gemi yoktu. Mutlu yolcular yoktu. Yalnızca buradan sonsuzluğa kadar uzanan dünyanın en uzun düz çizgisi vardı.

Vücudumun fiziksel olarak güçsüz düştüğünü hissettim. O anda nedense ölümün büyüklüğü beni sarstı. Neden bilmiyorum. Daha önce ölüm ile ilgili derin düşünmemiştim, Annabelle. O fikri zihnimden atardım. Hepimiz öleceğimizi biliyoruz ama içten içe buna inanmıyoruz. İçten içe bunun ertelenmesini, tıpta bir gelişme olmasını, ölmeyi önleyen yeni bir ilaç çıkmasını umuyoruz. Bu bir yanılsama elbette, bizi bilinmeyene karşı duyduğumuz korkudan koruyan bir şey. Ama bu düşünce yapısı ancak ölüm kendini görmezden gelinmeyecek kadar açık bir şekilde hissettirene kadar devam eder.

İşte ben tam bu noktadayım, sevgilim. Son, artık o kadar da uzak bir kavram değil. *Galaxy* ile birlikte yok olan bütün o ruhları düşünüyorum. Bernadette ve Bayan Laghari'yi düşünüyorum, şimdi de Nevin'i... Deniz hepsini yuttu. Yardım gelmezse hepimiz aynı kaderi paylaşacağız; ya bu filikada ya da filikanın dışında suda öleceğiz ve birimiz diğerlerinin bir bir ölüşünü izleyecek. İnsanoğlu içgüdüsel olarak yaşamanın bir yolunu bulmaya çalışır, ancak kim en son ölen olmak ister ki?

Bunları düşünürken başımı kaldırıp baktığımda küçük Alice'in sürünerek bana doğru geldiğini fark ettim. Gözlerini kocaman açmıştı, yüzünde nazik bir ifade vardı, yeni uyandıklarında çocukların yüzlerinde beliren ifade gibiydi. Bir dakika sonra Tanrı, küçük Alice'in yanına geldi. O da bana baktı. Bakışı beni rahatsız etti.

"Yanımda birinin olmasına ihtiyacım yok," dedim. "Sadece bir şeyler düşünüyorum."

"Kaderini," dedi Tanrı.

"Öyle bir şey."

"Belki sana yardımcı olabilirim."

Bir kahkaha patlattım. "Neden? Eğer ben Tanrı olsaydım, şimdiye kadar benden çoktan umudu kesmiştim."

"Ama sen Tanrı değilsin," dedi, "ve hiçbir zaman umudu kesmeyeceğim."

Dudaklarının hizasında parmaklarını birbirine kilitledi. "Dünyayı yarattığımda iki tane Gök yarattığımı biliyor muydun?"

"Dünyayı *yarattığında* mı?" diye alay ettim.

"Evet," diye devam etti. "İki Gök." Eliyle işaret etti. "Biri yukarıda, biri aşağıda. Bazı anlarda ikisinin arasındakini görebilirsin."

Küçük Alice, Tanrı'nın yüzüne bakıyordu. Onu neden böyle ilgiyle dinliyordu bilemiyordum. Onun söylediği şeyleri anladığını sanmıyordum.

"Yapma şunu artık, tamam mı?" dedim. "Burada yavaş yavaş öldüğümüzü görmüyor musun?"

"Her yerde insanlar ölüyor," dedi. "Ama bir yerlerde yaşamaya devam edenler de var. Nefes aldıkları her an eğer isterlerse dünyada yarattığım ihtişamı bulabilirler."

Bakışlarımı koyu mavi okyanusa çevirdim.

"Dürüst olmak gerekirse," dedim, "bu cennetten ziyade cehennem gibi."

"Emin ol öyle değil."

"Öyle olsa bilirdin, değil mi?"

"Evet."

Duraksadım.

"Cehennem var mı?"

"Düşündüğün gibi bir yer değil."

"Öyleyse öldüklerinde kötü insanlara ne oluyor?"

"Neden, Benjamin?" diye sordu bana doğru eğilerek. "Bana söylemek istediğin bir şey mi var?"

Ona baktım.

"Uzak dur benden," dedim.

Altı

Deniz

Dobby'yi anlatmanın vakti geldi. Bilmen gerek. Dünyanın bilmesi gerek. Ona ne olduğunu bilmediğimi söyleyerek başlamalıyım; gerçi diğer herkesle birlikte öldüğünü düşünüyorum. *Galaxy*'deki o son gece ona "Yapmayacağım," dememden sonra hiç konuşmadık. Öfkeliydi. Ona ihanet ettiğimi düşünüyordu. Öfkesini paylaştığımı düşündüğü için onu anlıyordum.

Ama *Galaxy*'yi havaya uçurmak onun fikriydi, Annabelle. Benim değil. Geçen yaz, sen beni bırakıp gittikten kısa bir süre sonra kapıma gelmemiş olsaydı kırgınlıklarıma sessizce katlanıp yoluma devam ederdim.

Dobby benden daha hareketli biriydi. Çocukken öğretmenlerimizle tartışır, mahalle çeteleriyle dövüşür, her zaman bisikletiyle hızla önde ilerleyip dönüşleri ilk o alır, diğer bütün çocukları toprak yollarda bisiklet sürerken yönlendirirdi. Orta boy tişört giyen asi bir çocuktu, gürültülüydü, kural tanımazdı ve siyah saçları dağınıktı. Sıklıkla kaşlarını çatar ve alt dudağını birisi tarafından azarlanıyormuş gibi sarkıtırdı. Annesi ve Dobby Boston'a bizden iki sene sonra, Dobby'nin babası, benim de amcam İrlanda'da vefat ettikten sonra geldiler. Dokuz yaşındaydım. Dobby on bir yaşındaydı. Annesinin benim anneme "Bu var ya bu, şeytana pabucunu ters giydirir," dediğini duymuştum. Ama Dobby akıllıydı. Akıl almaz derecede akıllıydı. Sürekli okurdu, kütüphaneden kitaplar alıp kahvaltıda, öğle yemeğinde ve akşam yemeğinde okurdu. Okumaya ve yazmaya merak sarmamın sebebi odur, Annabelle. Onun gibi olmak istiyordum. Ufak tefek yarışmalarımız vardı, hangimiz daha şok edici bir hayalet hikâyesi uyduracak gibi. Hep o kazanırdı. Daha iyi bir hayal gücü vardı. Ayrıca ben daha o kelimenin anlamını bilmezken Dobby adalet için yanıp tutuşuyordu.

Bir keresinde hatırlıyorum, on dört yaşındayken Dobby ondan yaşça büyük dört çocuğa bir sokak kedisine taş attıkları için korku dolu anlar yaşatmıştı. Metal çöp tenekelerinin kapaklarını kaptığı gibi çocuklara fırlatmıştı, bir yandan da "İşte kediler için de o taşlar böyle hissettiriyordu, pislikler!" diye bağırıyordu. Çocuklar dağıldığında kediyi kucağına almış ve bir anda bambaşka biri olmuştu, şefkatli ve sabırlı. "Artık iyisin, güvendesin," diye fısıldamıştı.

Küçük dünyamdaki hiç kimse ona benzemiyordu. Ona nasıl da hayrandım! Benden yalnızca iki yaş büyüktü ama o yaşta iki yaş farkı, kimin lider ve kimin takipçi olduğunu belirler. Beni göz kırparak selamlar ve abartılı bir "Naaaaber, Ben-*Ji*?" derdi. Fakir küçük mahallemizden kendini geliştirip çıkabilecek biri ile bağım olduğunu bilmek yüzümde hep bir gülümsemeye sebep olurdu.

★★★

Galaxy'nin seyahat haberini gazetede ilk okuduğunda "Bu insanlar domuz, Benji," dedi Dobby. Beş parasız ve sarhoş bir şekilde kapımda belirip 'Bella Ciao' şarkısını söyleyerek ortaya çıktığından beri paylaştığımız Boston'daki dairede yumurta çırpıyordum. Onu birkaç yıldır görmemiştim. Şakaklarındaki saçlar grileşmişti.

"Gezegenin efendileri gibi toplaşıp geri kalanımız için neyin iyi olduğuna karar verebileceklerini sanıyorlar."

"Evet, yani," dedim.

"Bu soytarılığın bir parçası olarak çalıştığına inanamıyorum."

"Jason Lambert'in teknesi. Ben orada çalışıyorum. Ne yapsaydım?"

"O adamdan tiksinmiyor musun? Dünyayı değiştirmek istediğini söylüyor. Ama size nasıl davrandığına bir baksana."

"Evet, kuzen," deyip iç çektim.

"Neden bir şey yapmıyorsun?"

Başımı kaldırdım.

"Neden bahsediyorsun?"

"Bir arkadaşım var…" Sesi kesildi. Gazeteyi tekrar eline aldı, bir paragraf buldu ve sessizce okudu. Sonra doğrudan gözlerimin içine baktı. İfadesi son derece sakindi.

"Benji," dedi, "bana güveniyor musun?"

"Evet, kuzen."

Sırıttı. "Öyleyse dünyayı değiştireceğiz."

İşte her şey böyle başladı.

★★★

Dobby'nin *arkadaşı*, cuma gecesi *Galaxy*'de sahne alması planlanan Fashion X de dahil olmak üzere bazı rock gruplarının seyahat organizasyonlarını ayarlayan kişiydi. Dobby geçtiğimiz senelerde müzik gruplarının seyahatlerinde farklı pozisyonlarda görev almıştı. Elindeki az miktardaki parayı bu işlerden kazanmıştı. Müzik aletleriyle arası iyiydi ve seyahati, hareket halinde olmayı, hızlı kurulum yapmayı ve aksilikleri severdi.

Bunu biliyordum. Bilmediğim şey ise onun bu seyahatlerindeki bağlantılarını, beni de içeren korkunç bir plana dönüştürmüş olmasıydı. Planı, arkadaşının ona Fashion X konserinde çalışması için iş ayarlamasını sağlamak, ardından enstrümanlar, amplifikatörler, miksaj ve ortama uygun görünse bile aslında oraya ait olmayan bir şey dahil olmak üzere *Galaxy*'ye bütün ekipmanı önceden yüklemekti.

O şey bir limpet mayınıydı.

Limpet mayının ne olduğunu bilmiyordum, Annabelle. Ama artık biliyorum. Dobby bana söyledi. Teknelerin gövdesine mıknatıslarla bağlanan bir tür deniz aracı patlayıcısıydı. Dalgıçlar bu mayınları teknenin gövdesine gizlice yapıştırır, sonra tekneyi uzaktan havaya uçururlar. Limpet mayınları İkinci Dünya Savaşı'ndan beri kullanılıyor. Bu mayın Dobby'nin eline nasıl geçti hiçbir zaman bilemeyeceğim.

Ama belli ki limpet mayınını müzik ekipmanlarıyla birlikte içeri sokmuştu. Muazzam Fikir yolculuğunun son günü olan cuma öğleden sonraydı. İkinci güverte boyunca davul çantasını taşımasına yardım etmemi istedi. Yalnız kaldığımızda durdu, kapağını açtı ve hafifçe kaldırdı.

"Bak, kuzen," dedi. Çantanın içinde koyu yeşil bir cihaz gördüm, otuz santimetre genişliğinde, on beş santimetre yüksekliğindeydi.

"Ne bu?" dedim.

"Jason Lambert ve arkadaşları dahil bütün bu tekneyi alaşağı edebilecek kadar büyük bir şey."

Cevap veremeyecek kadar şaşkındım. Nefesim hızlanmıştı. Gözlerim koridorda gezindi. Dobby, gece *Galaxy* demir attığında onu bir ipe bağlayıp nasıl aşağı indirebileceğimi, sonra bu mayını su hattının altındaki gövdeye, en büyük hasarı verebileceği yere nasıl yapıştıracağını anlattı fısıldayarak.

Onu neredeyse hiç duyamıyordum. Kafamın içinde bir uğultu vardı.

Sonunda, "Sen neden bahsediyorsun?" dedim kekeleyerek.

"Ben asla..."

"Benji, dinle beni. Bunun etkisini tahmin edebiliyor musun? Bu teknede eski bir başkan var! Yıllardır insanları dolandıran ileri teknoloji milyarderleri var! Bankacılar, serbest yatırımcılar ve hepsinden ötesi, o domuz Lambert. Bütün bu sözde Evrenin Üstatları. Hepsinin işini bitirebiliriz. Tarihe geçecek. Tarih yazacağız, Benji!"

Çantayı sertçe kapattım. "Dobby," dedim köpürerek, "insanları öldürmekten bahsediyorsun."

"Başkalarına kötü davranan insanlar," dedi. "Onları manipüle edenler. Sömürenler. Lambert gibi. Ondan nefret ediyorsun, değil mi?"

"Tanrıcılık oynayamayız."

"Neden olmasın? Tanrı'nın bir şey yaptığı yok."

Ben tepki vermeyince kolumu tuttu. Sesini alçalttı. "Hadi ama kuzen," dedi. "Ya şimdi ya hiç. Çocukken katlanmak zorunda olduğumuz bütün o saçmalıklar için. Annen için. Annabelle için."

Adını andığında öyle yutkundum ki dilim boğazımdan aşağı kaçtı sandım.

"Bize ne olacak?" diye mırıldandım.

"Eh, biz bu fikrin kaptanlarıyız." Yanaklarını şişirdi. "Kaptanlar da tekneyle beraber batar."

"Yani..."

"Yanisi," diye araya girerek gözlerini kıstı, "bir şey senin için ya önemlidir ya da değildir. Sen bir iz bırakmak istiyor musun? Yoksa hayatının geri kalanında zenginler otursun diye tahtalarının tozunu almaya ve yalnızca bir paspas olmaya devam mı?"

Kafamdaki uğultu şakaklarımda bir zonklamaya dönüşmüştü. Başım dönüyordu.
"Dobby," diye fısıldadım. "Sen... ölmek mi istiyorsun?"
"Bir karınca gibi yaşamaktan iyidir."
O ana kadar bunu anlamamıştım, Annabelle. Dobby delirmişti.
"Yapamam," dedim. Ağzımdan çıkan kelimeler zar zor duyuluyordu.
Gözleri parladı.
"Yapamam," dedim daha yüksek bir sesle.
"Hadi amaaaa kuzen!"
Başımı hayır dercesine salladım.
O anda bana attığı bakışı nasıl anlatırım bilemiyorum. Keder, ihanet, kuşku, sanki çabalasaydım onu daha fazla yüzüstü bırakamazdım. Uzun bir süre yüzünde o ifadeyle kaldı, alt dudağı küçükken yaptığı gibi sarkıktı. Sonra ağzını kapatıp boğazını temizledi.
"Pekâlâ," dedi. "Sen de böyle biriymişsin demek ki."
Çantayı yerden aldı, bana arkasını döndü, sonra koridorda yürüyüp bir odaya girdikten sonra gözden kayboldu. Onu durdurmak için hiçbir şey yapmadım, sevgilim. Hem de hiçbir şey.

Kara

"Jarty?" diye seslendi Patrice yukarıdan. "Arayan kimdi?"
LeFleur iç çekti. Patrice'in çoktan uyuduğunu umuyordu.
"Hiç kimse," diye bağırdı.
Merdivenlere yaklaşan ayak seslerini duydu. Defteri çantasına geri koydu ve futbol maçının sesini açtı.
Patrice kapıda belirdi.
"Hiç kimse bir pazar akşamı evi aramaz," dedi. "Jarty, neler oluyor?"
Avuç içini alnına bastırdı, bir yanıt çıkarmaya çalışır gibi derisini sıktı.
"Pekâlâ," dedi. "Kuzey kıyısında bulduğumuz şey bir çöp yığını değildi. Bir tekne enkazıydı."
"Ne tip bir tekne?"
"Bir can kurtarma botu," dedi.

Patrice olduğu yere oturdu. "Hiç hayatta kalan..."
"Hayır. Ceset yok. Kimse yok." Defterin bahsini açmadı.
"Hangi gemiden olduğunu biliyor musun?"
"Evet," dedi nefesini bırakarak. "*Galaxy*. Geçen sene batan tekne."
"Bütün o zengin insanların bindiği?"
LeFleur başıyla onayladı.
"Az önce arayan kimdi?"
"Bir muhabir. *Miami Herald*'tan."
Patrice uzanıp koluna dokundu. "Jarty. Şu yolcular. Haberler hepsinin *öldüğünü* söylemişti."
"Evet, doğru."
"Öyleyse cankurtaran botundaki kimdi?"

Deniz

Su bugün koyu, safir mavisi bir gölge gibi ve gökyüzü pamuktan bulutlarla örülü. *Galaxy* batalı tam iki hafta oldu. Yiyeceğimiz bitti. Fırtınadan kalan içilebilir su da öyle. Ruhlarımızın içi oyulmuş gibi ve bedenlerimiz çok güçsüz.

Kurtarmak kelimesini düşünüyorum, Annabelle. Şu "Tanrı"nın bizi kurtarmayı nasıl da reddettiğini. Bayan Laghari'nin dürbünleri kurtarmak isterken nasıl suya düştüğünü. Dobby'yi ve o limpet mayınını durdursaydım belki de herkesi kurtarmış olabileceğimi...

Dobby ile yollarımızı ayırdıktan sonraki o son öğleden sonrasını düşünüyorum. Başım saatlerce zonklamıştı. Karnım ağrıyordu. Misafirlere yeterince hızlı cevap vermediğim için mürettebatın başındaki adam tarafından iki kez azarlanmıştım. Boşluk bulduğum her an Dobby'yi aradım, koridorlara baktım, tırabzanların üzerinden baktım. Onu hiçbir yerde bulamadım. Seyahatin son günüydü ve çok fazla etkinlik vardı.

Belki de inkâr safhasındaydım. Belki de Dobby'nin bu planı asla gerçekleştirmeyeceğini düşünüyordum. Onun bir katil olabileceği aklımın ucundan geçmezdi. Öfkeli? Evet. Gücenmiş? Evet. Sınıf farkı, zenginlik, ayrıcalık hakkında dur durak bilmeden tartışabilirdi. Fakat tanımadığı insanların katili olmak? Bir insanın doğası gerçekten böylesine değişebilir miydi? Yoksa aklınızın almayacağı, inanamayacağınız durumlardan biri miydi bu?

Jean Philippe'in, "Benji," dediğini duydum. "Güneşin altından çık."

Diğerleriyle birlikte gölgeliğin altındaydı, Yannis dışında. Yannis, kendini rahatlatmak için gölgeliğin altından çıkmış, yan tarafına uzanmıştı. Artık emekleyen bebekler gibi çok yavaş hareket ediyoruz.

"Lütfen, dostum," dedi Jean Philippe. "Yanıyorsun." Gün ortasıydı, güneşin altına çıkmak için en kötü zamandı. Orada ne kadar kaldığımı fark etmemişim. Gölgeliğin altında kendime yer bulana kadar Jean Philippe'e doğru kaydım.

Kimseden çıt çıkmıyordu. Yanmış ve su toplamış bacaklarımız ağaç kütükleri gibi aralanmıştı. Lambert araba dergisini kurcalıyordu. Tanrı bakışlarımı yakaladı, yüzünde o ahmakça gülümsemesi vardı. Bakışlarımı ondan kaçırdım ve açık alanda Yannis'i dizleri üzerinde çökmüş, gökyüzüne bakarken buldum.

"Aman Tanrım," diye mırıldandı. "Kimse kıpırdamasın."

"Ne?" dedi Nina.

"Bir kuş."

Gözlerimiz kocaman açıldı. Kuş mu? Nina bakmak için ayağa kalktı ama Geri onu koluyla engelledi ve sessiz olmasını işaret etti. Hafif bir çırpınma sesi duyduk.

Sonra gölgeliğin üstünde bir gölge belirdi.

Kuşun ayakları hemen üzerimizde hareket ediyordu.

"Benji," diye fısıldadı Yannis, "kenara doğru geliyor."
Ona baktım ve avuç içlerimi çevirdim. Ne yapmamı istiyordu?
"Sana işaret verdiğimde uzanıp yakala."
"*Ne?*"
"Kuşa en yakın sensin. Yakalamak zorundasın."
"Neden?"
"Çünkü o bir *yiyecek.*"
Terlemeye başladım. Diğerlerinin bana baktığını gördüm. Lambert'in yüzünde kızgın bir ifade vardı.
"Yakala şu kokuşmuş kuşu," dedi.
"*Yapamam.*"
"Evet, yapabilirsin! Yakala!"
"Benji, lütfen," dedi Nina.
"Köşeye ilerliyor," dedi Yannis, sesi alçak ve kontrollüydü.
"Sana işaret ettiğimde... uzan ve ayağından yakala."
Kuşun ayağı yaralıydı.
"Hazır ol..."
Elimi gölgeliğe doğru yükselttim. Kuşun neye benzediğini kafamda canlandırmaya çalıştım. Uçup kaçması; kendini ve beni kurtarması için dua ettim.
"İşte geliyor..." dedi Yannis.
"Sakin ol, Benji," dedi Geri.
"Yapabilirsin," dedi Jean Philippe.
"İstemiyorum," diye fısıldadım.
"Yakala şunu be!" dedi Lambert.
Ellerim titriyordu.
"Şimdi," dedi Yannis.
"Bekle..."
"Şimdi, Benji!"
"Hayır, hayır, hayır," diye inledim. Çoktan ellerimi havaya kaldırmış, tek bir keskin hareketle ayaklarını yakalayıp, büküp yere çarpmıştım bile. Küçük, yumru yumru pençelerini parmak-

larımın arasında hissettim ve sertçe sıktım. Kuş ciyaklayıp kanatlarını delicesine çırptı. Gölgelik alandan çıktım; kuşun uzun beyaz gövdesi bükülüp, parmaklarımı gagalayıp hızla hareket ederek umutsuzca ellerimin arasından kaçmaya çalışırken tüyleri çenemi kırbaçlıyordu. Yumruğumu daha da sıktım ve gözlerimi kapattım.

"Ne yapacağım?" diye çığlık attım.
"Öldür onu!" diye bağırdı Lambert.
"Yapamam! Yapamam!"
Kuşun çığlıkları dehşet vericiydi. *Merhamet et*, der gibi bağırıyordu. *Ben sizden biri değilim! Bırak beni!*
"Özür dilerim! Özür dilerim!"
"Bırakma!"
"Benji!"
"Özür dilerim!"

Aniden Yannis üzerime atladı. Kuşun kafasını kıstırdı ve sertçe büktü. Kuş bir çırpıda öldü. Havada uçuşan tüyleri göğsüme düştü. Yanaklarımdan yaşlar süzülüyordu. Ölü yaratığa baktım. Yannis'e baktım. Kendine Tanrı diyen adam dahil olmak üzere diğer herkese baktım ve ağzımdan çıkan tek şey "Neden?" oldu.

Haberler

HABER SUNUCUSU: *Bu akşam on ikinci bölümde Tyler Brewer, Galaxy'nin batışında hayatını kaybeden başka bir kurbanın, en verimli döneminde hayatını kaybeden, gelecek vadeden genç bir büyükelçinin hayatını anlatıyor.*

MUHABİR: *Yannis Michael Papadapulous, 1986 yılında Atina'nın civar yerleşim yerlerinde doğdu. Babası ülkenin eski başbakanı, annesi ise tanınmış bir opera sanatçısıydı. Yannis, gençliğinin büyük bir kısmını seyahat ederek geçirdi, Princeton'a gitmeden önce Connecticut'taki prestijli hazırlık okulu Choate'a gitti. Harvard Üniversitesi'nde MBA* yapmak üzere Amerika'da kaldı.*

---

* *Master of Business Administration:* İşletme yönetimi yüksek lisans programı. (ç.n.)

Yunanistan'da gerçekleştirdiği birkaç start-up ile tanındı, ardından ülkesindeki en başarılı rezervasyon uygulaması haline gelen bir tatil acentesi kurdu.

Yannis, People dergisinin yabancı ünlülere ayrılmış özel sayısında Yaşayan En Seksi Yunan Erkeği olarak tanımlanmasıyla şöhrete kavuştu. İki küçük çaplı filmde rol aldı ve Côte d'Azur, Ibiza ve St. Barts gibi uluslararası eğlence mekânlarında sık sık görüntülendi.

Yannis otuz yaşına geldiğinde babası Giorgios Papadapulous, "hayatını ciddiye alması" için Yunanistan'a dönmesi konusunda ısrarcı oldu.

GIORGIOS PAPADAPULOUS: *"Oğlum çok yetenekliydi. Henüz küçük bir çocukken bile zorlu matematik denklemlerini kafasında çözebiliyordu. Yaratılışında olan liderlik vasfı düşünüldüğünde, ekonomi gibi bir alana odaklanırsa ülkesine önemli ölçüde katkıda bulunabileceğine inanıyordum."*

MUHABİR: *Yannis, şöhretinin büyük etkisi sayesinde ertesi sene ilk parlamento seçimlerini kazandı. Bundan birkaç sene sonra, diğer kabine üyelerinin itirazlarına rağmen Yunan tarihinde bu statüye ulaşan en genç insan olarak Birleşmiş Milletler Büyükelçisi seçildi. Eleştirmenler, ona bu görevin verilmesinin babasına bir teşekkür olarak değerlendirilebileceğini iddia etti. Ancak Yannis etkili bir sözcü oldu ve Yunanistan'ı içinde bulunduğu ciddi mali krizden kurtarmak için gereken uluslararası kredilerin elde edilmesine yardımcı oldu.*

Otuz dört yaşındaki Yannis Papadapulous, Jason Lambert'in Muazzam Fikir seyahatine davet edilen en genç isimdi. Yannis'in ölmüş olduğu tahmin ediliyor. Kısa ömrü ve umut verici kariyeri, denizdeki o kara gecede yaşananların kurbanı oldu.

Deniz

On yedinci günümüzde vakit gece yarısına yaklaşıyor. Özür dilerim, meleğim. Bu zamana kadar yazmaya fırsatım olmadı. Yannis o kuşun boynunu kırdığından beri uyuşturucu verilmiş gibiyim. Beni neden böyle derinden etkilediğini bilmiyorum. Tüylü cesedinin gevşekçe göğsüme düşüvermesi... Aklımdan bir türlü çıkaramıyorum. Üzerimde bin ton ağırlık hissediyorum ve zar zor oturabiliyorum.

Belki sonrasında olanları merak ediyorsundur. Hiçbir şey olmadı. En azından birkaç dakikalığına... Filikadaki hiç kimse o ölü kuşla ne yapacağını bilmiyor gibiydi. Yalnızca birbirimize baktık. Sonunda Jean Philippe konuştu.

"Geri Hanım," dedi sessizce, "bıçağı alabilir miyim?"

Sonra yaratığın derisini yüzmeye başladı, kanatlarını kopardı, kafasını kesti. Nina'nın içi bir tuhaf oldu ve Jean Philippe'e ne yaptığını bilip bilmediğini sordu. Evet, dedi, Haiti'de çocukken bunu sık sık yapmak zorunda kaldığını söyledi. O zamanlar bu işlemi tavuklara yapıyordu ama bu da pek farklı sayılmazdı. Bunu yapmaktan mutlu görünmüyordu. Belki çocukken de bunu yapmaktan mutlu değildi.

Kan ve bağırsaklar ortalığa saçıldığında kaçışmaya başladık. Sonunda Jean Philippe, en etli kısım olan göğüsleri kesip iri parçalara böldü. Hepimize birer tane almamızı söyledi.

"Çiğ çiğ mi yiyeceğiz?" dedi Lambert.

Yannis bir parça alarak, "Güneşte kurumaya bırakabilirsiniz," dedi. "Eğer iki gün beklemek istiyorsanız tabii."

Yannis çiğnemeye başladı. Nina bakışlarını kaçırdı. Geri bir parça aldı ve küçük Alice'e uzattı. Bunu huy haline getirdiği için, Alice payına düşeni Tanrı'ya verdi. Bu yüzden Geri ona bir parça daha verdi. Çok geçmeden hepsi çenelerini abartılı hareketlerle oynatarak çiğnemeye başladı. Bunu yapacak gücü kendimde bulamadım.

"Lütfen, Benji," dedi Jean Philippe. "Yemek zorundasın."

Başımı hayır anlamında salladım.

"Bu canlıyı öldürdüğün için kendini kötü hissetme. Bunu hepimiz için yaptın."

Ona baktım, gözlerim dolmuştu. Ah, gerçeği bir bilseydi. Asıl önemli olan zamanda onlar için hiçbir şey yapmadığımı bir bilseydi.

Elindeki parçayı yerken bakışlarını benden bir saniye bile ayırmayan Tanrı'ya baktım. Ağzındakini yuttu ve gülümsedi.

"Ben buradayım, Benjamin," dedi. "Ne zaman konuşmak istersen."

Bu akşam, günbatımından hemen sonra Nina ve Yannis'in yan yana oturduklarını fark ettim. Her şeyin ne kadar sıkışık olduğu düşünülürse bu filikada kimin yanında oturduğun çok az şey ifade ediyor. Her zaman birinin üzerinde buluyorsun kendini. Böylesine sıkışık bir alana bu kadar çabuk uyum sağlamamız, birbirimizin geçmesine izin vermek için sırtımızı eğmemiz, biri bacaklarını esnetebilsin diye kendi bacaklarımızı çekmemiz tuhaf geliyor. Lambert, Geri ve Yannis'in devasa evlerindeki devasa odalara alışkın olduklarını tahmin ediyorum. Bu durum onlar için çok garip olmalı, kendilerine ait bir mülkte değiller.

Yine de Nina ve Yannis mecburiyetten değil, birbirlerine eşlik etmek için yakın oturuyorlardı. Yannis kolunu onun arkasına atmış, filikanın kenarına yaslamıştı. Bir ara Nina başını Yannis'in omzuna yasladı, uzun saçları göğsüne değiyordu. Yannis'in eli Nina'nın kolunu sıktı ve onu alnından öptü.

Mahremiyet tanımak istediğimden mi yoksa kıskançlıktan mı bilmiyorum, içgüdüsel olarak arkamı döndüm. Susuzluktan için için yanıyoruz, karnımız açlıktan gurulduyor. Ama en çok özlediğimiz şey huzur. Yumuşak bir kucaklama. Birinin bize, "Her şey yolunda. Her şey yolunda," demesi.

Belki de Nina ve Yannis birbirlerinde bunu bulmuştu. Ben de o hissi karalanmış bu sayfalarda, zihnimden parmaklarıma, oradan kaleme, kâğıda ve sana uzanan düşüncelerimde buluyorum, Annabelle.

O hissi sende buluyorum.

Bu sularda öleceğim gerçeği artık çok açık ve net. Eğer böyle olacaksa, dünyanın benim hakkımda, hayatım hakkında birkaç paragraf şey bilmesini istiyorum. Bu defterin benim varamayacağım bir yere varmasını umut etmenin bir manası yok. Ama tüm büyük fikirlerin yok olduğunda, küçük fikirlere tutunuyorsun. Belki de bu hikâyeyi aydınlığa kavuşturacak bir şey olur.

★★★

O halde, işte hayatımın özeti: İrlanda'nın Donegal kentinde, Atlantik Okyanusu ile Hebrid Denizi'nin birleştiği suların kıyısında yer alan kuzeydeki küçük Carndonagh kasabasında doğdum. Ailenin tek çocuğuyum. Annem, birçok İrlandalı çocuk gibi yakınlardaki sahada golf oynardı. Golfte o kadar ilerlemişti ki on sekiz yaşında yerel bir turnuvayı kazanmasının ardından İskoçya'daki Açık Şampiyona'yı izlemesi için ona bir bilet ve otobüs yolculuğu hediye edilmişti. Daha sonra öğrendiğime göre orada babamla tanışmış, daha doğrusu onunla sadece karşılaşmış; çünkü bu buluşmalarından sonra yıllarca onu bir daha hiç görmemişti. Karşılaşmalarından dokuz ay sonra ben doğdum. Ne kadar sorsam da annem onun adını ağzına almıyordu. Bir daha asla golf oynamadı. Bazen, henüz çocukken, annemin gece geç saatlerde mutfakta kalın sesli bir adamla tartıştığını duyardım, baba demem gereken kişinin bu adam olabileceğini düşünürdüm. Ama mutfakta tartıştığı o kişi, o hafta İskoçya'ya gitmeseydi ve "kendini mahvetmeseydi" annemle evlenme ihtimali olan eski aşkıydı yalnızca. Bu kelimeleri tekrar tekrar haykırdı, öyle sık tekrar etmişti ki kafamı yastığa gömüp varlığımdan utanç duymama yetmişti.

Bir teyzem vardı, Dobby'nin annesi Emilia ve onun eşi eniştem Cathal. Bir sabah annemle beni, çimenlik iniş pistini asfalt bir pistle henüz değiştirmiş olan ilçe havaalanına götürdüler. Valizimizi bir yükçüye teslim ettik. Uzaklara uçtuk.

Boston'a bir kar fırtınasının ortasında iniş yaptık. Konuştukları aksanı anlamıyordum. Yollardaki araçlar ve birçok yere asılmış Dunkin' Donuts, McDonald's ve çeşitli biraların reklam panoları beni şok etmişti. Bir İtalyan fırınının bitişiğindeki dairede yaşıyorduk; annem bir lastik fabrikasında işe girdiğinde beni de okula gönderdi. Bir devlet okuluna. Notlarım kötüydü. Öğretmenler yaşlı ve mesafeliydi. Gün bitiminde zil çaldığında en az benim kadar rahatlamış görünüyorlardı.

Annemin neden o şehri ya da Amerika'yı seçtiğini hiç anlamamıştım, ta ki bir gün öğleden sonra okuldan eve geldiğimde onu daha önce üzerinde hiç görmediğim gümüş rengi bir elbisenin içinde ayna karşısında bulana kadar. Saçlarını toplamış ve makyaj yapmıştı, sanki başka bir kadına bakıyordum. Birdenbire ortaya çıkan güzelliği işte böylesine çarpıcıydı. Nereye gittiğini sorduğumda annem sadece "Vakti geldi, Benjamin," dedi, ben de "Neyin vakti geldi?" dedim, o da "Babanla buluşmanın vakti," dedi.

Ne demek istediğini anlamamıştım. Amerika benim için hâlâ gizemli bir ülkeydi ve çocuksu hayal gücümde annemi şehrin dışında yüksek bir tepeye, babaların ıssız odalarında oturmuş, uzun süredir kayıp eşlerini bekledikleri bir yere giderken hayal etmiştim. Girişteki masada oturan birine başvuruda bulunacaktı, sonrasında bir grup endişeli adama bakıp adını seslenecekti. İçlerinden biri –yakışıklı, güçlü, siyah sakallı– ayağa kalkacak ve "Evet, benim!" diye bağıracak, gelmesi için ettiği duaların kabul olmasının sevinciyle koşup anneme sarılacaktı.

Hiç de böyle olmadı.

O adam her kimse, annemi hiç iyi karşılamadı. O akşam annemin odasındaki eşyaları sağa sola atma sesiyle uyandım, koşarak odasına geldiğimde önceden giydiği gümüş elbisesini bir makasla kesmeye çalışırken buldum onu. Makyajı dağılmış, ruju yüzüne bulaşmıştı. Beni görünce "Git buradan! Git buradan!" diye bağırdı. Fakat o zaman bile yalnızca babamın ona göstermiş olduğu tepkiyi yansıttığını anlayabiliyordum.

Babamla ilgili birkaç ayrıntıdan bahsetti. Zengin olduğunu ve Beacon Hill'de bir evde yaşadığını öğrendim. Annem, babamın beni önemsediği konusunda ısrar etti ama bunun bir yalan olduğunu biliyordum. Bunu söylerken gözlerindeki kalp kırıklığını gördüm. O anda, bütün hayatım boyunca o geceyi planladığını, bizi bir araya getirmeye, bir aile yapmaya, itibarını geri kazanmaya çalıştığını; fakat babam tarafından azar yediğini anladım. Bu da zihnimde babamı sonsuza kadar bir piç olarak hatırlamama ve tanım gereği benim de bir piç olduğum gerçeğini kavramama yol açtı.

Annem birçok yönden bir çelişkiydi. Sıska ve çelimsizdi, buna rağmen bir başına bizi tuhaf yeni bir ülkeye sürgün etmişti. Umut ettiği buluşma gerçekleşmediğinde yapması gereken şeyi yaptı. O fabrikada yorulmak bilmeden çalıştı, fazla mesai yaptı, hafta sonları çalıştı. Beş erkek gücünde olduğuna yemin edebilirim. Ama bir gün iskeleden düştü ve omurgasına aldığı zarar öyle büyüktü ki artık yürüyemiyordu. Büyük bir tazminat ödemekten kaçmaya çalışan fabrika, mahkemede annemin ihmalkâr bir insan olduğunu söyledi. Annem hayatında hiç ihmalkâr olmamıştı.

Bu olayın üstüne annemin ruhu sönmeye başladı. Televizyonu sesi kapalıyken izlerdi. Bazen günlerce yemek yemezdi. Fabrikadaki kazadan ya da babamla ilgili olanlardan bir daha hiç bahsetmedi, fakat daha iyi bir yaşam için yaptığı büyük planı denemiş, başarısız olduğunu anlamıştı; bu başarısızlık yemek yediğimiz küçücük mutfağın havasında, donuk yeşil banyomuzda ve yatak odalarımızın soyulmuş duvar boyaları ile solmuş halılarında asılı kalmıştı. Bazen, onu tekerlekli sandalyesine yerleştirip çıktığımız yürüyüşlerde yanımızdan köpeğini gezdiren biri geçtiğinde ya da çocuklar beyzbol oynarken annem bir neden yokken ağlardı. Sık sık bir şeylere baktığını ama başka bir şey gördüğünü hissederdim. Kırılmış insanların yaptığı gibi.

Annemin bana en çok tekrarladığı tavsiyesi şuydu: "Hayatında güvenebileceğin birini bul." Çalkantılı çocukluğum boyunca annem güvendiğim kişi oldu, ben de geride bıraktığı yıllarda onun güvendiği kişi olmaya çalıştım. O öldükten sonra üzerimde geçmeyen bir ağırlık hissettim. Güçlükle nefes alıyordum, duruşum kamburlaşmıştı. Hasta olduğumdan endişeleniyordum. Şimdi anlıyorum ki bu yalnızca gidecek hiçbir yeri olmayan sevginin ağırlığıydı.

Ben de o sevgiyi içimde taşıdım, dünyada bu sevgiyi verebileceğim bir şey aradım, fakat seni buluncaya dek ne bir kişi ne de bir yer bulabildim. Birçok yönden zavallı bir adamdım ben, Annabelle. Düşününce hatta şanssız bile denebilir. Ama en önemli konuda şanslıydım. O gece havai fişeklerden sonra sen bana adını söyledin, ben de sana benimkini. Ve gözlerini kocaman açıp bana bakarak, "Benjamin Kierney, bir gün beni yemeğe çıkarmak ister misin?" dedin. Öyle heyecanlanmıştım ki cevap veremedim. Sanırım bu seni eğlendirmişti. Ayağa kalktın, gülümsedin ve "Yani, belki bir gün çıkarırsın," dedin.

Hayatımın bundan sonraki kısmı önemsiz görünüyor; nerede çalıştığım, hangi mahallede yaşadığım, bazı şeyler hakkındaki fikirlerim... Sen vardın, Annabelle. Sadece sen. Sayfanın sonuna yaklaşıyorum ve son satıra ulaşmadan hayatımı özetleyebileceğimin farkındayım.

Otuz yedi senedir bu dünyada yaşıyorum ve hayatımın çoğunu ahmakça geçirdim. En nihayetinde hep yapmaktan korktuğum gibi, seni hayal kırıklığına uğrattım.

Her şey için özür dilerim.

Kara

LeFleur kahvesinin kalanını içti ve cipinin motorunu durdurdu. Bulutsuz bir sabahtı; hava durumu günün sıcak ve bunaltıcı olacağını söylüyordu.

Evrak çantasını karakolun ön kapısına taşırken defteri okumaya devam etmek için kaç saat ayırabileceğini düşünmeye başlamıştı bile. Partice onu böldüğünde okumaya henüz başlamıştı. Ama denizde bir adam bulduklarında cankurtaran salında tuhaf bir şey olduğunu anlayacak kadarını okumuştu.

Nina omzuna dokunup "Tanrı'ya şükür seni bulduk," dedi.
İşte o zaman adam nihayet konuştu.
"Ben Tanrı'yım," dedi fısıldayarak.

LeFleur, bu defterin varlığı ve *Galaxy*'nin batmasıyla ilgili ortaya çıkardığı sorular karşısında yeterince şaşkına dönmüştü, şimdi bir de yolcuların bu kendi kendini ilah ilan eden adam karşısındaki tepkilerini öğrenmeye mecbur hissediyordu. Eğer bir gün Tanrı ile karşılaşırsa LeFleur'ün tartışmak isteyeceği maddelerden oluşan uzun bir listesi vardı. Bunların Tanrı'nın hoşuna gideceğinden endişeliydi.

Rom'u düşündü. Öğle vakti gibi ofisinde gelmesini söylemişti. *Herifin ceptelefonu bile yok.* Karakolun kapısını iterek açtığında iki kişi hızla ayağa kalktı. Biri, lacivert bir takım elbise ve yakası açık bir gömlek giyen oldukça iri bir adamdı. Diğerini LeFleur anında tanıdı. Patronu. Leonard Sprague. Müdür.

"Konuşmamız lazım, Jarty," dedi Sprague.

LeFleur güçlükle yutkundu. "Benim ofisimde mi?" dedi. Savunmaya geçtiği için kendi kendine kızdı.

Sprague, kel, sakallı ve tıknaz bir adamdı. On yıldan uzun bir süredir bu görevdeydi. Normalde o ve LeFleur birkaç ayda bir merkezde buluşurdu. LeFleur'ün ofisine ilk kez gelmişti.

"*Galaxy*'den kalma bir sal bulduğunu duydum?" diye başladı.

LeFleur başıyla onayladı. "Ben de tam konuyla ilgili raporu yazıyordum..."

"Nerede?" diye araya girdi diğer adam.

"Anlamadım?"

"Salı nerede buldun?"

LeFleur zorla gülümsedi. "Affedersiniz, adınızı söylemedi..."

"Nerede!" diye çıkıştı adam.

"Söyle ona, Jarty."

"Kuzey kıyısında," dedi LeFleur. "Marguerita koyunda."

"Hâlâ orada mı?"

"Evet, yerel yetkililere..."

Fakat adam çoktan çıkmış, kapıya yönelmişti. "Hadi gidelim," diye bağırdı omzunun üzerinden.

LeFleur, Sprague'a döndü. "Neler oluyor?" diye fısıldadı. "Kim *bu herif?*"

"Jason Lambert'in çalışanı," dedi Sprague. İşaretparmağını başparmağına sürttü. Para.

Yedi

Haberler

HABER SUNUCUSU: *Bu gece Tyler Brewer, trajik bir şekilde denize yenik düşmüş, yüzmede şöhret kazanmış birinin biyografisiyle Galaxy teknesinin kurbanları hakkındaki serisini sona erdiriyor.*
MUHABİR: *Teşekkür ederim, Jim. Geri Reede, en çok suda vakit geçirdiğinde kendini evinde hissederdi. Üç yaşında Kaliforniya'da Mission Viejo'da bir belediye havuzunda yüzmeye başladı. On yaşında gelmeden kendini ulusal yarışmalarda yüzerken buldu. Kendini "havuz delisi" olarak tanımlayan ve yüzme eğitmeni bir anne ile denizbilimci bir babanın kızı olan Geri, on dokuz yaşındayken ABD olimpiyat takımına katılmaya hak kazanmıştı. Sidney'de gerçekleşen yarışmalara katıldı, kurbağalamada altın madalya ve bayrak yarışlarında iki gümüş madalya kazandı. Dört sene son-*

ra takımı yeniden kurdu ve Atina'da gümüş madalya kazandı. Ardından sporu bıraktı ve bir yılını dünyadaki açlığın küresel elçisi olarak geçirdi.

Yirmi altı yaşına geldiğinde Reede tıp fakültesini denemeye karar verdi, fakat iki dönem sonra okulu bıraktı. Kendini rekabetçi sporların yokluğunda "huzursuz" olarak tanımlardı. Amerika Kupası yarışmacısı olan Athena isimli teknede bir sene boyunca ekibin parçası olarak çalıştı.

Sonunda Reede bir fitness şirketiyle ortaklık kurarak Water Works! şirketini kurdu. Sporcular için bir sağlık destek hattı niteliğindeki iş nihayetinde son derece başarılı bir şirket haline geldi. Reede'nin imzası haline gelen tepeye dikili sarı saçları ile zeki ama biraz sert tavrı onu hayranlarına sevdirdi ve Water Works! reklam kampanyalarında marka yüzü oldu.

Geri Reeder hiç evlenmedi ve çocuk sahibi olmadı, yine de sık sık çocuklar için erken dönemlerde yüzmeye başlamanın öneminden söz ederdi. Bir keresinde "Su korkusu, sahip olduğumuz en derin korkulardan biridir," demişti. "Bunu ne kadar hızlı atlatırsak, diğerlerinin üstesinden gelmeyi o kadar hızlı öğreniriz."

Reede, Galaxy'de yaklaşık dört düzine insanla birlikte ortadan kaybolduğunda otuz dokuz yaşındaydı.

ABD Yüzme sözcüsü Yuan Ross, "Geri bir öncü ve dünyanın her köşesindeki kadınlar için bir ilham kaynağıydı," dedi. "Takımınızda, havuzda ve hayatınızda isteyeceğiniz türden biriydi. Onu kaybetmek bir trajedi."

Deniz

Canım Annabelle'im. Günlerdir sana yazmıyorum. Güçsüzlük, bedenimi ve ruhumu tutsak etti. Yazmak için kalemi zor tutuyorum. O kadar çok şey oldu ki... Bazılarını hâlâ kabul edemiyorum.

On dokuzuncu günümüzde açlık ve susuzluk bizi tamamen ele geçirdi. Kuşun yenebilecek her yerini yemiştik. Geri, balık tutabilmek için etin bazı parçalarını bir araya getirmişti. Küçük bir kanat kemiğinden bir kanca yaptı ve ipi suya saldı. Öyle yorgunduk ki kenara çekilip onu izlemeye koyulduk.

Sonra Yannis bir çığlık kopardı. "Bakın!" Uzak bir noktada gri bulutlar toplanmış, karanlık bir huni şeklinde denize dökülüyor gibiydi.

"Yağmur," diye bir hırıltı çıkardı Geri, susuzluktan sesi incelmişti. İçilebilir su fikri bizi telaşa vermişti. Fakat rüzgâr delice esmeye başladı. Dalgalar yükseldi. Yükselip alçaldık, yükselip alçaldık, filikanın zemini suya her çapışımızla tokatlanıyordu. "Bir şeye tutunun," diye bağırdı Yannis. Geri, Tanrı ve ben kollarımızı güvenlik ipine doladık. Nina, Alice ve Jean Philippe gibi Lambert de gölgeliğin altına sığınmıştı. Filika, lunaparktaki bir oyuncak gibi inip kalkıyordu. *Galaxy*'nin battığı geceden beri bu kadar sarsılmamıştık. Gökyüzü karardı. Sert bir şekilde yükseldik. Geri'nin omzumun üstünden baktığını gördüm. Gözleri kocaman açılmıştı.

"Sıkı tutun, Benji!" diye bağırdı.

Arkamı dönmemle bir su canavarının esneyen ağzı gibi genişleyen dev dalgayı görmem bir oldu. İçine çekildik ve alaşağı olmanın kıyısına geldik. Sonra başımdan aşağı beyaz su köpüğünden oluşan bir çığ düştü ve canımı kurtarmak için ipe tutundum. Kabarcıkların arasından gölgelikten fırlayan ve diğer yana savrulan bir beden gördüm.

Yannis'in "Nina!" diye bağırdığını duydum. Aradan bir saniye geçti. İki. Üç. Deniz dinmişti. Nina'nın dalgaların arasından seslenen ve yardım isteyen sesini duydum. Neredeydi?

"Orada!" diye bağırdı Geri. "Solda!"

Ben harekete geçemeden Yannis çoktan kendini suya atmış ve Nina'ya doğru yüzmeye başlamıştı.

"Hayır, Yannis!" diye çığlık kopardım. Yeni bir dalga bize vurdu ve sudan bir duvar filikaya indi. Sinirle gözlerimdeki suyu sildim. Uzakta Nina'nın başının bir inip bir yükseldiğini gördüm. Artık yirmi metre kadar uzağımızdaydı. Bir başka dalga filikaya çarpmıştı. Geri'nin kürek çekmeye çalıştığını gördüm, sürünerek yanına gittim, "Diğer küreği bana ver!" diye bağırdım. Başka bir dalga. Başka bir beyaz köpük banyosu.

"Neredeler?" diye bağırdım gözlerimi silerek. "Nereye gittiler?"

"Oradalar!" diye haykırdı Jean Philippe.

Artık sağımızda kalmışlardı ama daha uzaktaydılar. Yannis'in sonunda Nina'ya ulaştığını gördüm. Birbirlerine tutunduklarını gördüm. Birlikte battılar, sonra yeniden yüzeye çıktılar. Sonra başka bir dalga bize çarptı. Sonra bir başkası. Artık onları hiç göremiyordum.

"Geri!" diye seslendim. "Şimdi ne yapacağız?"
"Kürek çek," diye bağırdı.
"Nereye?"

Başını çevirdi. İlk defa bir cevabı yoktu çünkü cevap yoktu. Yannis ve Nina gözden kaybolmuşlardı. Geri'nin yaptığı gibi çılgınca kürek çektim, dört bir yanımızı saran dalgaları yarıp geçtik. Rüzgâr yüzümü öyle kamçılıyordu ki gözlerimden yaşlar akıyordu. Zar zor görebiliyordum. Tek bildiğim, filikayı bir plak çalar gibi döndürüp durduğumuzdu.

Onları bulamadık. On dakika sonra zayıf kaslarım acı içinde inliyordu. Geri çekildim ve "Hayır!" diye inledim. Başka bir dalga, susturmak istercesine sular içinde bırakmıştı beni. Rüzgâr uğulduyordu. Filikanın içi dizlerimize kadar deniz suyuyla dolmuştu. Ötekiler iplerine tutunmuş, apaçık ortada olanı haykıran bakışlardan kaçarak bakışlarını ufka dikmişlerdi. İki kişi daha kaybetmiştik. İki kişi daha ölmüştü.

Okyanusun işkence dolu kükreyişindeki böbürlenmeyi duyuyor gibiydim. *Kaçacak bir yeriniz yok. Hepiniz benim olacaksınız.*

★★★

Saatlerce kimseden çıt çıkmadı. Fırtına geçti, yağmur bize hiç uğramadı ve güneş, günlük vardiyasına başlayan, yorulmak bilmeyen bir iblis gibi geri döndü sabah. Ayaklarımıza bakıyorduk. Söyleyecek ne vardı? Bu filikadan beş, *Galaxy*'nin battığı gece de onlarca kişi ölmüştü. Okyanus bizi bir bir topluyordu.

Lambert arada sırada telefon görüşmeleri ile ilgili şeyler söylüyor ve "Güvenlik! Güvenliği arayın!" diye anlamsız mırıltılar çıkarıyordu. Saçmalık. Onu görmezden geldim. Küçük Alice kendini Geri'nin üstüne atmış, kolunu sıkıyordu. Aklıma Bayan Laghari'nin Alice'in saçlarını yaptığı ve parmaklarını yalayıp kaşlarını düzelttiği sabah geldi. İkisi de gülümsüyor, kucaklaşıyordu. Sanki bu anı seneler öncesine aitti.

Peki ya Nina? Zavallı Nina. Onunla *Galaxy*'de tanıştığım ilk andan itibaren insanların içindeki iyiliği görmeye çalışmış ve filikadaki yabancının onu kurtaracağına inanarak ölüme gitmişti. Yabancı onu kurtarmadı. Hiçbir şey yapmadı. Onun düzenbazın teki olduğuna dair başka bir kanıta ihtiyacımız var mıydı? Nina bana bir keresinde Tanrı'ya duaları sorduğunu söylemişti. Tanrı, tüm duaların cevaplandığını söylemişti, "fakat bazen cevap hayırdır."

Sanırım Nina için de cevap "hayır"dı. Bu beni çileden çıkardı. Yabancıya dik dik baktığımda bakışlarıma sakin bir ifadeyle karşılık verdi. Adamın ne düşündüğünü ya da ne hissettiğini bilemiyorum, Annabelle. Ya da herhangi bir şey düşünüp hissettiğinden bile şüpheliyim. Yiyeceğimiz varken bizimle yedi. Suyumuz varken içti. Derisi bizimki gibi kabarmış ve çatlamış bir halde. Yüzü, onu bulduğumuz zamankine kıyasla daha çukurlaşmış ve kemikli. Ama hiç şikâyette bulunmuyor. Acı çekmiyor gibi bir hali var. Belki de yanılsama onun en iyi müttefikidir. Hepimiz bizi kurtaracak bir şey arıyoruz. Yabancı, bunun kendisi olduğunu düşünüyor.

***

Dün sabah uyandığımda Geri'yi elindeki yama kitiyle uğraşırken buldum.

"Ne yapıyorsun?" diye mırıldandım.

"Zemindeki deliği onarmalıyım, Benji," dedi. "Bota giren suyu çıkaracak yeteri adamımız yok. Batacağız."

Yorgun bir şekilde başımı salladım. Filikanın altında delik açan köpekbalığı saldırısından beri içimizden biri yamulmuş filikanın zemininde biriken suyu sürekli dışarı boşaltmakla görevliydi. Bu bitmek bilmeyen, yorucu bir işti. Filikada sayımız çok olduğu için katlanılabilirdi yalnızca. Fakat Lambert suyu boşaltma işini ağırdan alıyor, hatta son zamanlarda hiç yapmıyor bile. Küçük Alice çabalıyor ama çok çabuk yoruluyor. Geriye sadece ben, Geri, Jean Philippe ve Tanrı kaldık. Hep birlikte çalışsak bile artık gücümüz yetmiyor.

"Köpekbalıkları, Bayan Geri," dedi Jean Philippe. "Ya tekrar gelirlerse?"

Geri ona bir kürek uzattı, sonra bir tane de bana.

"Sertçe geçirin kafalarına," dedi. Tepkimi görünce sesini alçalttı. "Benji, başka seçeneğimiz yok."

Köpekbalıklarının yiyecek bulmak için sinsi sinsi dolaşma riskinin en az olduğu vakte, güneşin tepede olduğu zamana kadar bekledik. Jean Philippe ve ben yanlara doğru eğilip yorgun iki nöbetçi gibi kürek çekerken Geri derin bir nefes alıp suya atladı.

Sonraki yarım saat karanlık bir evde oturup katilin ortaya çıkmasını beklemek gibiydi. Kimse konuşmadı. Gözlerimiz suyun yüzeyinde geziniyordu. Geri bir dalıp bir çıkıyor, sonra tekrar dalıyordu. Deliği bulmuştu, küçük bir delik olduğunu söylüyordu. Fakat su altında olduğu için yapıştırıcı ve yamalar işe yaramıyordu.

"Biraz dolgu macunu deneyip dikmeye çalışacağım," dedi.

Yine bütün konsantrasyonumuzla suyu izledik. Yirmi dakika sonra Geri elinden geleni yaptığını söyledi. Sonra bir kez daha suya daldı.

"Şimdi ne yapıyor?" diye sordum.

Elleri yabani otlar ve midyelerle dolu bir şekilde yüzeye çıktı. Ellerindekileri filikaya attı, biz de onu içeri çektik.

"Bu filikanın dibinde... koskocaman bir... ekosistem var," dedi soluyarak. "Sülükayaklılar, deniz yosunu. Balık da gördüm ama kaçtılar... çok hızlıydılar. Filikanın dibinde yetişen şeylerden besleniyorlar."

"Bu iyi bir şey, değil mi?" diye sordum. "Balıklar? Belki bir tane yakalarız?"

"Evet..." Başını aşağı yukarı salladı. Hâlâ nefes nefeseydi. "Ama... köpekbalıkları da o balıkların peşinde."

***

Şimdi Annabelle, bir şeyi daha seninle paylaşacağım, sonra da dinleneceğim. Yazmak beni tüketiyor. Düşüncelerimi düzene sokmak. Su ve yemek dışında bir şey düşünmek. Geri'nin onarılan boruya hava doldurmasına yardım ettim. Bir saatimizi aldı. Sonra ikimiz de gölgeliğin altında yere yığıldık. Böylesine basit bir iş bile gücümüzü tüketiyordu.

Yine de... Dün gece hiç beklenmedik bir anda çok ulvi bir şeye şahit olduk. Gece yarısından sonraydı. Uyurken biri ışıkları açmış gibi bir şey hissettim kapalı göz kapaklarımın ardında. Birinin güçlü bir şekilde nefes aldığını duydum. Gözlerimi açtığımda tek kelimeyle büyüleyici bir manzarayla karşı karşıya kaldım.

Deniz, baştan sona ışıltılar içindeydi.

Yüzeyin altındaki benekler suyu milyonlarca küçük ampul gibi aydınlatıyor, ufuk çizgisine kadar Disneyland'in mavimsi beyaz ışıltılarını saçıyordu. Okyanus, bir yere park etmişçesine sakindi, yarattığı etki parıldayan büyük bir cam levhaya bakmak gibiydi. Öyle güzeldi ki hayatımın sona erdiğini ve sıradakinin bu olduğunu düşündüm.

"Bu da ne?" diye fısıldadı Jean Philippe.

"Dinoflagellatalar," dedi Geri. "Plankton gibi bir şey. Rahatsız edildiklerinde parlarlar." Duraksadı. "Bu kadar açıkta olmamalılar."

"Hayatım boyunca," dedi Jean Philippe hayretle, "böyle bir şey görmedim."

Tanrı'ya baktım. Küçük Alice onun yanında uyuyordu. *Uyan küçük kız*, demek istedim. *Ölmeden önce büyüleyici bir şey gör.* Ama uyandırmadım. Aslında zar zor hareket ediyordum. Hareket edemiyordum. Şaşkınlıkla parıldayan denize bakmaya devam ettim. O ana dek ne kadar önemsiz olduğumu hayatım boyunca anlamadığımı fark ettim. Bu dünyada önemli hissetmek için çok şey yapmak gerekiyordu; fakat küçücük olduğunu anlamak için bir okyanus yetiyordu.

"Benji," diye fısıldadı Jean Philippe. "Sence bunu Tanrı mı yarattı?"

"*Bizim* Tanrı mı?" diye sordum, başımı geri atmıştım.

"Evet."

"Hayır, Jean Philippe. Bence bunu o yaratmadı."

Gözbebeklerinde mavi ışığın yansımalarını gördüm.

"Bir şey yaratmış olmalı."

"Bir şey," dedim.

"Muhteşem bir şey," diye ekledi. Gülümsedi. Filika suda hafifçe sallandı.

Ertesi sabah Jean Philippe gitmişti.

Kara

LeFleur ve Müdür Sprague, mavi ceketli adamın turuncu sala yaklaşmasını izledi. LeFleur ayakkabılarını kuma sürttü. Bu adamın defterden haberdar olmasına imkân yoktu, değil mi?

"Sen gerçekten de *Galaxy*'den birinin bu sala ulaşabildiğini mi düşünüyorsun?" diye sordu Sprague.

"Kim bilir?" dedi LeFleur.

"Ölmek için boktan bir seçenek; sana ancak bunu söyleyebilirim."

"Evet."

LeFleur'ün ceptelefonu çaldı. Ekrana baktı. "Ofisten," dedi.

Arkasını döndü ve salın yanındaki adamdan gözlerini ayırmadan telefonu kulağına yaklaştırdı.

Kısık bir sesle, "Katrina?" diye açtı telefonu. "Şu an meşgulüm..."

"Burada sizi bekleyen bir adam var," dedi asistanı. "Bir süredir sizi bekliyor."

LeFleur saatine baktı. Lanet olsun. Rom. Ona öğleden önce ofise gelmesini söylemişti. LeFleur mavi ceketli adamın sala yaslanıp elini kenarlarında, artık boş olan poşetin yanında gezdirdiğini gördü. Duraksamış mıydı? Bir şey mi fark etmişti?

"Jarty?" dedi Katrina.

"Ha?"

"Bir zarf istedi. Sorun olur mu?"

"Yok, yok, her neyse..." diye mırıldandı LeFleur.

Adam diklendi. "Bu şeyi buradan götürmeliyiz!" diye seslendi. "Bir kamyonet getirebilir misiniz?"

"Olmuş bilin," diye bağırdı Sprague. Eliyle LeFleur'e işaret etti.

"Kapatmam gerek Katrina," dedi. "Rom'a bir yere ayrılmamasını söyle."

Sekiz

Deniz

Jean Philippe'in kaybolduğu sabah defterimde şunu buldum.

Sevgili Benji,
Sen uyurken çok düşündüm.
Mavi ışığa dokunmak için suya uzanıyorum. Birden büyük bir balık görüyorum. Bota yakın yüzüyor. Küreği alıyor, bekliyorum. Geri geliyor ve ona sertçe vuruyorum. Tam isabetle vuruyorum. Yüzmeyi bırakıyorum ve onu yakalıyorum.
 Mutluyum çünkü yiyecek balığımız var. Ama üzgünüm de çünkü onu öldürüyorum. Artık bu dünyada olmak istemiyorum, Benji, sürekli bir şeyler alıyorum. Yaptığım son şey vermek olsun istiyorum. Sen ve diğerleri, lütfen balığı yiyin. Hayatta kalın. Ben Bernadette'im ile birlikte olmak istiyorum. Onun güvende olduğunu biliyorum. Sanırım dün gece cenneti gösterdi bana. Tanrı'nın beni beklediğini söyledi.

Eve varmanız için dua edeceğim. Balığı çantaya koydum. Tanrı sizi korusun, arkadaşım.

Defteri kapattım ve başımı yere eğdim. O kadar çok ağladım ki göğsüm ağrımaya başladı ama gözlerim çöl kadar kuruydu. İşte bu kadar kurudum, Annabelle. Gözyaşlarımı akıtacak kadar bile su kalmadı bedenimde.

★★★

Bu anlattıklarım dün yaşandı. Geri'ye anlattığımda defteri aldı, kelimeleri kendi okudu, sonra defteri bana geri verdi ve doğruca acil durum çantasına gitti.

Balık, Jean Philippe'in dediği gibi büyüktü. "Lambuka," dedi Geri. Bıçağını kullanarak onu parçalara ayırdı; yenilebilir kısmı, işimize yarayacak kısmı ve kalan parçaları. Beşimiz de hemen biraz yemeye başladık. (Beşimiz mi? Bu gerçek olabilir mi?) Sonra Geri, kalan et parçalarını asmak için bir ipe geçirdi. Güneşte kuruyacak ve bir iki gün daha bizi doyuracaklardı.

Tanrı ayağı kayıp filikanın yanına yaslandığında o parçalara bakıyor ve Jean Philippe'in yasını tutuyordum. Tanrı'nın saçları ıslak ve parlaktı, koyu renkli sakalı iyiden iyiye kalınlaşmıştı.

"Jean Philippe'in bunu yapacağını biliyor muydun?" diye fısıldadım.

"Ben her şeyi bilirim."

"Hayatına son vermesine nasıl izin verirsin? Neden onunla konuşup vazgeçirmedin?"

Direkt gözlerimin içine baktı. "Sen neden vazgeçirmedin?"

Öfkeyle titremeye başladım. "Ben mi? Yapamazdım! Bilmiyordum ki! Kendisi karar verdi buna!"

"Haklısın," dedi Tanrı yumuşak bir sesle. "Bunu yapmaya kendisi karar verdi."

O an ona, dünyayı o yönetiyormuş gibi davranmaktan zevk alan bu kibirli, hayal dünyasında yaşayan yabancıya baktım. Tek hissettiğim acımaydı.

"Eğer gerçekten Tanrı olsaydın," diye köpürdüm, "onu durdururdun."

Denize bakıp başını hayır anlamında iki yana salladı.

"Tanrı bir şeyleri *başlatır*," dedi. "İnsanlar sona erdirir."

Kara

LeFleur cipiyle adanın anayolundan hızla aşağı indi. Sprague'ı ve mavi ceketli adamı taşıyan araba hemen arkasındaydı. Peşlerinde salı taşıyan bir kamyonet vardı.

LeFleur'ün telefonu bir kez daha çaldı.

Ofisten arandığını düşünerek "Evet, Katrina?" diye hırladı.

"Komiserim, ben Arthur Kirsch, *Miami Herald* gazetesinden. Geçen gece konuşmuştuk?"

LeFleur nefesini bıraktı. Şimdi bunun hiç sırası değildi.

"Tam olarak konuşmuş sayılmayız," diye düzeltti. "Ve ben bu görüşmeyi yapmak istemi..."

"Montserrat'ta *Galaxy*'ye ait bir cankurtaran salının bulunduğunu ve bulunmasında sizin de payınız olduğunu onaylattık."

"Bu doğru değil! Yalnızca bir ihbarda bulunuldu."

"Yani sal *bulundu*?"

Kahretsin, diye geçirdi içinden LeFleur. Bu herifler neden hep böyle oyunlar oynardı? "Bilgi almak istiyorsanız emniyet müdürüyle görüşmelisiniz."

"Hiç iz var mıydı? Yolculardan bir iz?"

"Dediğim gibi Bay Kirsch, emniyet müdürünü arayın."

"Sextant çalışanlarının adanıza bir ekip gönderdiğinizden haberiniz var, değil mi?"

"Onlar da kim?"

"Sextant Capital. Jason Lambert'ın şirketi. Yarın oraya gelecek olsam, sizi nerede bulabilirim?"

"Emniyet müdürünü bulun," diye çıkıştı LeFleur. "Beni de bir daha aramayın."

Telefonu kapattı ve saatine baktı. Saat üçtü. Rom'la buluşacağını söylediği saatin üzerinden üç saat geçmişti. Yapacak bir şey yoktu. LeFleur önce merkeze gidip Sprague'a haberi aldığı anda onu neden aramadığını (Pazar günüydü, Lenny!) ve salın enkazını nasıl bulduğunu (Marguerita koyunda bir avare bulmuştu) açıklaması gerekiyordu. Sprague durumdan memnun değildi. Muhabirlerin o avare ile konuşmak isteyeceğini söyledi, bu yüzden LeFleur onu buna hazırlasa iyi ederdi.

"Bu işi sakın batırma, Jarty. Montserrat için büyük bir değişimin başlangıcı olabilir."

"Ne demek istiyorsun?"

"Turizm berbat bir halde. Yasaklı bölgede bir ölüm turu yapmak isteyen it kopuktan başka buraya kim geliyor? Bunu değiştirmek için elimize bir şans geçti şimdi."

"Nasıl?"

"Hikâyeyi değiştirerek. Montserrat'ın yanardağ dışında bir şeyle bilinmesini sağlayacağız. Bu adam zengindi, Jarty. Bütün arkadaşları zengindi, aynı zamanda ünlüydü de. Buraya çevrilen çok fazla göz olacak."

LeFleur şaşırmıştı. "O salda insanlar öldü, Lenny. Bunun üzerine turizm inşa edilemez."

Sprague başını hafifçe yana eğdi. "O salda insanların öldüğünü nereden biliyorsun?"

"Ben... bilmiyorum," diye kekeledi LeFleur. "Öyle tahmin ettim..."

"Tahminde bulunma, tamam mı? Bana o salı bulan adamı getir."

***

LeFleur ofisine vardığında defteri ve okuduğu sayfaları düşünüyordu. Filikadaki yabancının ilk başta diğerlerini kurtarmayı reddedişini düşündü.

Bunu yalnızca buradaki herkes benim söylediğim kişi olduğuma inanırsa yapabilirim.

LeFleur bu kısımda takılı kalmıştı. Ama neticede kızı öldükten hemen sonra Tanrı'ya inanmayı bırakmıştı. Yüce gönüllülüğü dört yaşında bir çocuğa sıra gelince pek de yüce olmayan bir güç için zihninde yer yoktu. Dua etmek gereksizdi. Kilise gereksizdi. Hatta daha beterdi. Bir zaaftı. Hayatta yaşadığınız talihsizliklerin sebebini öldüğünüzde "daha iyi" bir cennete kavuştuğunuzda dengeleyecek uydurma bir teraziye bağlamanızı söyleyen bir koltuk değneği. Ne saçmalık ama... LeFleur'ün şimdiki bakış açısına göre bir yanardağdan ya kaçardınız ya da olduğunuz yerde kalıp ona yumruğu geçirirdiniz.

Ofisine girdi. Katrina telefonu kapatıyordu. Yüzünde üzgün bir ifade vardı.

"Nihayet. Sana ulaşmaya çalışıyordum!"

"Ceptelefonumu kapattım. Bir muhabir beni rahatsız ediyordu."

"Adam gitti."

"Rom?"

"Bana adını söylemedi. İki saat boyunca verandada oturdu. Ona zencefilli bira içer misin dedim, tamam dedi. Ama birasını getirdiğimde çoktan gitmişti."

"Nereye gitti?"

"Bilmiyorum, Jarty. Çıplak ayaktı. Nereye gidebilir ki? Seni on kez aramaya çalıştım."

LeFleur kapıdan dışarı fırladı. "Ben onu bulurum," diye omzunun üzerinden seslendi. Katrina çok çabuk galeyana gelirdi, şimdi bununla uğraşamazdı. Evrak çantasını yolcu koltuğuna bıraktı ve cipe atladı. Rom. O adamla hiç tanışmamış olmayı dilemeye başlamıştı.

Deniz

Bugün bir uçak gördük.

Uçağı ilk fark eden Geri oldu. Öyle zayıf düştük ki günün büyük bir kısmında gölgeliğin altında uzanıp uykuya dalıyoruz. Geri, güneş enerjisiyle çalışan damıtma cihazını beyhude yere bir kez daha kontrol etmek için kendini salın arka kısmına sürüklemişti. Elleriyle gözlerini koruyarak gökyüzüne baktı.

"Uçak," dedi hırıltılı bir sesle.

"Ne dedin sen?" diye mırıldandı Lambert.

Geri gökyüzünü işaret etti.

Lambert yan döndü ve gözlerini kıstı. Uçağı gördüğünde ayağa kalkmaya çalıştı, günlerdir yapmadığı bir şeydi bu. "Hey! Buradayım! Buradayım…" Kollarını sallamaya çalıştı ama ağır birer halter gibi yığılmıştı.

"Çok yüksekte," diye fısıldadı Geri.

"İşaret fişeği!" diye parladı Lambert.

"Çok yüksekte," diye tekrarladı Geri. "Bizi göremezler."

Lambert salın altındaki acil durum çantasına doğru fırladı. Geri kendini onun önüne attı.

"Hayır, Jason!"

"İşaret fişeği!"

"Ziyan olur!"

Hareket edemeyecek kadar bitkindim. Bir o ikisine bir gökyüzüne bakıyordum. Uçağı zar zor seçebildim. Uzaklardaki bulutların arasından kayan bir nokta gibiydi.

"Benim için geldi onlar, kahretsin!" diye bağırdı Lambert. Geri'yi itip çantayı olduğu yerden çıkardı.

"Hayır, Jason!" diye bağırdı Geri.

Ama Lambert fişeği elinde tutuyordu bile. Kolunu delice sallayarak dengesini kaybedip ateşledi ve fişek yan tarafa, okyanus yüzeyine doğru fırladı. Otuz beş metre ötemizde su yüzeyine fışkıran sıcak pembe tonlarında bir ışık.

"Biraz daha!" diye bağırdı Lambert. "Biraz daha ver!"

"Kes şunu, Jason! Kes!"

Dizlerinin üzerindeydi, şişko elleri yerdeki eşyaları karıştırıyor ve başka bir kapsül ararken bir kenara atıyordu. Göbeği şişip iniyordu.

"Buradayım, buradayım," diye mırıldanmaya devam etti. Geri, kalan iki fişeği gördü ve onlara doğru atıldı. Fişekleri yakaladığı gibi göğsüne çekti ve salın kenarına geri sürüdü.

Lambert "Ver şunları bana!" diye dizlerinin üzerinde zıplayarak onun peşinden gitti. "Şimdi bunları bana veriyor…"

Bam! Aniden Tanrı ona şiddetle çarptı ve omuzlarındaki tüm güçle onu geriye doğru savurdu. O kadar hızlı hareket etmişti ki geldiğini görmemiştim bile.

Lambert acı içinde inledi. Tanrı, Geri'yi dizlerinin üzerine kaldırdı, sonra bana döndü ve sakince, "Benjamin. Eşyaları çantaya geri koy," dedi.
Bakışlarımı gökyüzüne çevirdim. Uçak gitmişti.

★★★

Küçük Alice hakkında yazmadığımın farkındayım. Bazen sessiz insanlar, kelimelerin yokluğu onları görünmez kılıyor gibi fark edilmezler. Ancak sessiz olmak ve görünmez olmak aynı şey değil. Alice çoğu zaman aklımdan çıkmıyor. Öleceğim gerçeğini idrak edemeyişim gibi, beni en çok rahatsız eden aslında onun ölme ihtimali.

Eskiden filikada daha çok insan ve enerjimiz varken Alice'in nereden gelmiş olabileceğini tartışmıştık. Lambert onu tanımıyordu, ama Lambert zaten ben dahil olmak üzere kendi teknesindeki pek çok insanı tanımıyordu. Yannis, cuma öğleden sonra helikopterle bir rock grubunun geldiğini ve aralarında birkaç çocuk gördüğünü söylemişti. Belki de Alice onlardan biriydi.

Alice'e birçok defa "Adın ne?" , "Anneciğinin adı ne?" ve "Nerede yaşıyorsun?" gibi sorular sormuştuk. İletişim kuramıyor gibi görünüyordu. Yine de her şeyin farkındaydı. Gözleri bizimkilerden hızlı hareket ediyordu.

Gözlerinden bahsetmişken, gözleri farklı renkte. Biri açık mavi, biri kahverengi. Bununla ilgili bir şeyler duymuştum – Geri bunun adını biliyordu, ben unutmuşum– ama ilk defa görüyordum. Bakışları biraz ürkütücü bir etki yaratıyor.

Çoğunlukla bu bakışların hedefi Tanrı oluyor. Sanki onu koruyacağını biliyormuş gibi sürekli Tanrı'nın yanında takılıyor. Kilisede İsa, çocuklar ve onlara ait olan cennet hakkında öğrendiğim dersleri düşünüyorum. Rahip sık sık bu ayeti tekrarlar, annem de bu sırada omuzlarımı sıvazlardı. O an tüm kötülüklerden korunduğumu hissederdim. Bir çocuğun inancı kadar güçlü bir inanç yoktur. Alice'e yanlış bir şeye inandığını söyleyecek yürek yok bende.

★★★

Sabah oldu. Özür dilerim, Annabelle. Kucağımda defterle uyuyakalmışım. Daha dikkatli olmalıyım. Salın nemli zeminine düşebilir ve okunmaz hale gelebilir. Geri'nin sırt çantasında plastik bir poşet vardı, ben de ekstra koruma olsun diye defteri bu poşetin içinde saklamaya başladım. Bir dalganın bizi sırılsıklam edeceği anı kestiremiyoruz. Ya da ne zaman bir daha hiç uyanmayacağımı.

Jean Philippe aramızdan ayrılalı üç gün oldu. Balığın etli bütün kısımlarını yedik. Geri, filikanın altından bir çırpıda yutuverdiğimiz küçük karideslerin de bulunduğu birkaç deniz canlısı ve midye çıkarıp getirdi. Bunlar yalnızca birer lokmadan ibaretti. Gerçek hayatta bir ısırıktan bile az bir şeye denk geliyordu. Ama onları ana yemek gibi, yavaşça çiğneyerek ve mümkün olduğunca uzun süre yutmayarak, kendimize yemek yemenin nasıl bir şey olduğunu hatırlatmak istercesine tüketiyorduk.

İçilebilir su hâlâ en büyük sorunumuz. Geri, güneş paneli sistemini yüzlerce farklı şekilde çalıştırmayı denedi. Bir işe yaramayacak. İçecek suyumuz olmadığı her dakika solarak ölüyoruz. Dün gece gözlerimi açtığımda Lambert'in botun yanına eğilmiş iri, etli sırtını gördüm. İlk başta kustuğunu sandım, ancak uzun süredir hiçbirimiz kusmamıştık. Ama sonra başının hafifçe yukarı hareket ettiğini ve kolunun ağzına doğru yükseldiğini gördüm. Uyku sersemiydim, ne yaptığını anlayamadım. Ancak bu sabah Geri'ye söyledim, o da bir şey arıyormuşçasına Lambert'in uyuduğu yere eğildi. Sonunda koluma dokundu ve eliyle işaret etti. Eliyle gösterdiği yerde, sol bacağının kısmen örttüğü su tahliye kabı vardı.

"Deniz suyu içiyor," diye fısıldadı Geri.

Haberler

HABER SUNUCUSU: *Son zamanlarda yaşanan en korkunç deniz kazalarından biriyle ilgili bir son dakika gelişmesi ile karşınızdayız. Tyler Brewer'ın haberi.*
MUHABİR: *Jason Lambert'in Galaxy isimli teknesi Cape Verde kıyılarının yaklaşık elli kilometre açığında, Kuzey Atlantik Okyanusu'nda batalı yaklaşık bir yıl oldu. Bugün, yaklaşık iki bin deniz mili uzaklıktaki Karayip Adası Montserrat'ta –bir iddiaya göre– Galaxy'den bir cankurtaran salının adanın kıyısına vurduğu öne sürülüyor. Cankurtaran salı bulunduğunda içinde kimse yoktu, ancak Sextant Capital tarafından görevlendirilen deniz uzmanları salda kimlerin olabileceğine ve o gece Galaxy'de neler yaşadığıyla ilgili ipuçları verip veremeyeceğine dair incelemelerde bulunuyor. Politika, iş, sanat ve teknoloji liderleri de dahil olmak üzere*

kırk dört kişinin bu trajedide hayatını kaybettiğine inanılıyordu. Bugünkü keşif, Galaxy'nin battığı suların tekrar aranması için bir çağrı adeta. Daha önceki girişimler, Lambert'in şirketi Sextant Capital tarafından "sadece daha fazla yürek ağrısına yol açacak nafile bir çaba" olarak değerlendirilip engellenmişti.

Uluslararası suların kontrolünün kimde olduğuna dair de anlaşmazlıklar yaşanmıştı. Bugünkü gelişmelerin bunu nasıl değiştireceği belli değil.

HABER SUNUCUSU: Tyler, salın nasıl veya kim tarafından keşfedildiğine dair bilgi var mı?

MUHABİR: Şu anda yok. Polis, sadece kuzey kıyısında o anda oradan geçmekte olan biri tarafından bulunduğunu söylemekle yetiniyor.

HABER SUNUCUSU: Peki bir salın okyanusu aşıp o noktaya ulaşması mümkün mü?

MUHABİR: Buna cevap vermek güç. Konuştuğumuz bir uzman bunun pek olası olmadığını ancak bir salın, içinde bulunan herkesten daha yüksek şansı olduğunu söyledi.

Deniz

Ölüm.
Artık sadece iki kişi kaldı, Annabelle.
Öyle çok şey yaşandı ki. Keşke...
Sevgili Annabelle...
Hoşça kal, Annabelle...
Tanrı küçük.

Kara

"Ne yapmamı istiyorsun Lenny? Adamı birdenbire ortaya çıkaramam ki!"

LeFleur telefonu kapattı. Rom'dan ses çıkmayalı üç gün olmuştu. *Onu lanet olası bir motele kilitlemeliydim.* Gazeteciler "salı bulan adam" için yaygara kopartıyordu. Kısacası, LeFleur'ün başına üşüşmüşlerdi. Aralarından bazıları sabahları onu ofisinde karşılıyordu.

Sprague bir konuda haklıydı. Bu hikâyeye çılgınca bir ilgi vardı. Eski bir Amerikan başkanı ve konuk listesindeki bazı büyük teknoloji milyarderlerine ek olarak bir rock grubu, birkaç ünlü aktör ve bir TV muhabiri de *Galaxy*'de ölmüştü. LeFleur, adadaki varlığı her geçen gün artan basından gelen bağırışlara, bitmek bilmeyen telefon konuşmalarına ve sosyal medya paylaşımlarına dayanarak hepsinin hayranları ve sıkı takipçileri olduğunu fark etti.

LeFleur ve ekibi, *Galaxy*'den sürüklenip gelen başka bir şey olup olmadığını öğrenmek için kuzey kıyısındaki diğer kumsalları arayıp taramak için saatler harcamıştı ki bu, Sprague'ın fikriydi ve gösteri amaçlıydı. Akıllarından ne geçiyordu ki? Bir sal mucizevi bir şekilde Atlantik'i geçtiği için teknenin geri kalanı onu takip mi edecekti?

Varlığından kimsenin haberi olmayan bir şey adaya varmayı başarmıştı elbette. Şu defter. LeFleur onu evde eski bir evrak çantasının içine saklamıştı. İşe getirmek çok riskliydi. Her gece Patrice'le akşam yemeğini bitirip yatmaya hazırlanana kadar bekliyordu. O uyuduktan sonra gizlice aşağı iniyor ve hikâyeye devam ediyordu.

Midesi düğüm düğüm olduğunda polis protokolünün katı kurallarını ve güvenilir bir evliliğin yazılı olmayan kurallarını çiğnediğini anlıyordu. Ama defter onda narkoz etkisi yaratmıştı. Okurken büyülü bir dünyaya girmiş gibiydi ve hikâyenin nasıl bittiğini bilmesi gerekiyordu. Sayfalar oldukça hassastı ve el yazısını çözmek meşakkatli bir işti. O salda bulunan on bir kişinin tavırlarını not etmek için çizelgeler hazırlayıp not almaya başlamıştı. *Galaxy*'deki yolcular hakkında yazılan ne kadar haber varsa hepsini aradı, bunun aklını yitirmiş bir yolcunun uydurduğu saçma sapan bir fantezi olmadığından emin olmaya çalışarak isimleri haberlerdeki isimlerle eşleştirmeye çalıştı.

Bunu, defteri neden gizlediğinin bir bahanesi olarak kullanabilirdi. Her şey bir aldatmaca olabilirdi ve eğer öyleyse defteri ortaya çıkarmak neyi başarırdı ki? Yalnızca kafa karışıklığı ve baş ağrısı yaratırdı. Kendi kendine anlattığı hikâye buydu ve bir hikâyeyi kendimize yeterince uzun bir süre tekrarladığımızda bu artık bizim gerçeğimiz olurdu.

★★★

O gece LeFleur, Katrina'ya onu eve bırakıp bırakamayacağını sordu. Bir şeyler içmek istiyordu ama polis aracı çok fazla dikkat çekiyordu.

"Olur," dedi. Sesini yükseltti. "Geliyor musun?"

"Aracını arkaya getir."

Katrina'nın aracını çekmesini beklerken masasındaki fotoğrafa baktı: Patrice ve Jarty, Lilly'yi bir plaj havlusunun üzerinde sallıyorlardı. Lilly'nin bir elini annesi, bir elini babası tutuyordu ve ayakları yerden kesilmiş, yüzünde saf bir neşe vardı. Patrice bu fotoğrafa bayılırdı. Bir zamanlar LeFleur de severdi ama artık o fotoğrafa her baktığında bir ip kesilmiş de uzayda sürükleniyormuş gibi kızından daha da uzaklaştığını hissediyordu. Dört yıl? Kızı bu dünyada var olduğu süre kadar ölüydü artık.

Katrina onu evinden çok uzak olmayan bir rom dükkânına bıraktı. Bu sayede eve yürüyerek dönebilirdi. Bir sandalye çekip bira söyledi ve bar sakinlerine baktı; bazıları domino oynuyordu. Aralarından birkaç kişiyi tanıyıp başıyla selamladı. Yabancı basın mensuplarından uzak kalmak onu rahatlatmıştı. LeFleur'ün aklı defterde ve onu yazan adamdaydı. Benji. Benjamin. Bir güverte görevlisi. Ünlü yolculardan biri değildi. Muhabirlerin hiçbiri onun hakkında sorular sormuyordu.

Aniden kapı açıldı ve içeri bir adam girdi. LeFleur adamın buralı olmadığını anında anladı. Giyim kuşamından belliydi, siyah kot ve bot. Etrafına bakışından belliydi. Kısa bir anlığına göz göze geldiler. Adam pencerenin yanına oturdu. LeFleur, etrafta dolaşıp "masum" sorular sorabilmek için yerel halkla kaynaşmaya çalışan başka bir gazeteci olmamasını umuyordu.

LeFleur birasından bir yudum aldı. Adamı iki kez kendisine bakarken yakalamıştı. Artık yetmişti. Masanın üzerine birkaç kâğıt para bıraktı ve dışarı çıktı, çıkarken de yabancıya sağlam bir bakış attı. Açık renkli ten. Hafif gri, uzun saçlar. Yüzünde zor bir hayat sürdürdüğünü gösteren kırışıklıklar.

LeFleur'ün evi altı blok ilerideydi. Patrice'in onu beklediğini biliyordu. Yavaşça yürüdü, gece ılıyan havayı içine çekti. Telefonu çaldı, mesaj gelmişti. Telefonu cebinden çıkarıp okumaya başladı:

Şu herifi bulabildin mi?
-Len

LeFleur kocaman bir nefes verdi. Yürürken ikinci bir ayak sesi duyduğunu sandı. Durdu. Arkasına baktı.

Sokak boştu. Yürümeye devam etti. Sesi yine duymuştu. Etrafında döndü. Kimse yoktu.

Artık evden yalnızca iki blok ötedeydi, bu yüzden adımlarını hızlandırdı. Yine ayak seslerini duydu ama bakmamakta direndi. Kim olursa olsun önce yaklaşmasına izin verecekti, bu sayede kim olduğunu tespit edebilirdi. Köşeyi döndüğünde sarı evi karşısında belirmişti. LeFleur kaslarının gerildiğini hissetti. Bir erkek sesinin "Affedersiniz?" dediğini duyduğunda bir yüzleşmeye hazırlanıyordu.

Arkasını döndü. Rom dükkânındaki adamdı.

"Affedersiniz... Komisersiniz, değil mi?"

LeFleur'ün tam olarak çözemediği tuhaf bir aksanı vardı.

"Bak," dedi LeFleur, "diğer muhabirlere bildiğim her şeyi anlattım. Daha fazla bilgi almak istiyorsan..."

"Ben muhabir değilim."

LeFleur adamı baştan aşağı süzdü. Altı blok boyunca yürümek onu yormuş gibi nefes nefeseydi.

"Birini tanıyordum. *Galaxy*'den. Kuzenimdi."

Adam derin bir nefes verdi.

"Benim adım Dobby."

Dokuz

Deniz

Canım Annabelle'im. Çok özür dilerim. Seni korkuttum mu? Yazdığım son sayfayı gördüm. Çoğu karalamadan ibaret. Bu kelimeleri ne zaman yazdığımı bile hatırlamıyorum. Haftalar önceydi belki de. Artık geceler ve gündüzler kasvetli bir şekilde birbirine girmiş vaziyette. Tüm bu olup bitenler göz önüne alındığında, ilk kez şu an sana yazmak için zihin açıklığı hissediyorum.

Filikanın tabanına yapışan midyeler ve karideslerle hayatta kalıyorum. Bir sabah filikaya bir balık sıçrayıverdi, üç günlük yiyeceğimi karşılamış oldu böylece. Son zamanlarda düşen yağmur sayesinde iki kavanoz su biriktirebildim, ki bu suyu oldukça makul oranlarda tüketiyorum. Fakat yine de hücrelerimi, organlarımı ve zihnimi yenilemeye yetmiyor. Bedenimizin inanılmaz bir mekanizması var, sevgilim. En ufak bir besinle tekrar hayata dönebiliyor. Tam olarak bir hayat sayılmaz tabii. Eskiden bildiğim hayat gibi değil. Hatta bu filikada diğerleriyle alıştığım hayata da benzemiyor.

Ama buradayım işte. Hayattayım.

Ne kadar güçlü bir cümle. *Hayattayım.* Kapana kısılmış madencinin hâlâ o delikte nefes alabilmesi ya da evinde çıkan yangından sendeleyerek çıkan bir adam gibi. *Hayattayım.*

Bağışla beni lütfen. Düşüncelerim olmadık uçlarda gezebiliyor. Artık işler değişti, Annabelle. Hâlâ uçsuz bucaksız Atlantik'te sürüklenip gidiyoruz. Kilometrelerce uzanan derin su dışında hiçbir şey yok. Tanrı hâlâ birkaç metre ötemde oturmuş, beni rahatlatmaya çalışıyor.

Böylesine az besinle hayatta kalabiliyorum çünkü artık paylaşacak kimse yok.

Ben hayattayım.

Diğerleri öldü.

***

Nasıl anlatsam? Nereden başlasam?

Belki de Lambert ile başlamalıyım. Evet. Onu anlatmakla başlayayım çünkü her şey onunla başladı ve görünen o ki onun yüzünden başlayan her şey kötü bitti.

Sana en son olan biteni anlattığımda Lambert'in deniz suyu içtiğini yazmıştım. Geri bizi bu konuda sayısız kez uyarmıştı ama sanırım bir noktada Lambert kendine hâkim olamadı. Susuzluktan kavrulmasına rağmen etrafı suyla çevriliydi ve Lambert istediği şeyi elde etmeye alışkın biriydi. Hava kararana kadar bekledi, su tahliye kabını buldu; görünüşe bakılırsa okyanus suyuyla midesini tıka basa doldurmuştu, tıpkı bütün hayatı boyunca her şeyi tıka baka tükettiği gibi.

Suyun etkisi birkaç gece sonra fark edildi. Lambert değişmişti. Tutarsız biri olmuştu. Geri'nin bana anlattığına göre deniz suyu normal sudan dört kat daha tuzluydu ve vücudumuz denge üzerine kurulu olduğundan bedenimize fazla gelen tuzu idrar yoluyla atmaya çalışırdık. Fakat bunu yapamayız. Yani ne kadar çok deniz suyu içilirse, beden o kadar çok suyu dışarı atar ama tuzu bedeninizde tutmaya devam eder, bu da güneşin altında susuz kalmaktan bile daha hızlı susuz kalmanız anlamına gelir. Dehidrasyon sonucu sisteminiz çöker. Kaslarınız zayıflar. Organlarınız da. Kalp atışlarınız hızlanır. Beyninize daha az kan gider, bu da aklınızı kaçırmanıza sebep olabilir.

Şimdi geriye dönüp baktığımda sanırım Lambert aklını kaçırmıştı. Kendi kendine mırıldanıyordu. Uyuşmuştu ve bilinci bir gelip bir gidiyordu. Sonra sıcak bir sabah onun bize "Defolun teknemden!" diye bağıran sesiyle uyandık.

Başına bıçak dayamış bir halde Tanrı'nın üzerinde duruyordu.

***

"Defolun teknemden!" diye defalarca haykırdı. Güneş tam tepede değildi ve gökyüzü mavi ile turuncudan oluşan bulanık çizgilerle kaplıydı. Dalgalar bizi sarsacak kadar yüksekti, filika sallanıyordu. Uyku sersemiydim ve güçsüzdüm, ne olduğunu tam olarak anlamak için gözlerimi birkaç kez kırpıştırdım. Geri'nin dirsekleri üzerinde yükseldiğini ve "Jason! Ne yapıyorsun?" diye feryat ettiğini duydum.

Gölgelik alanın üzerindeki tentenin yarısı yerdeydi. Bir sebepten ötürü Lambert tenteyi paramparça etmişti.

"Defolun... TEKNEMDEN!" diye bir çığlık kopardı. Sesi de vücudunun diğer her yeri gibi kupkuruydu. Bıçağı Tanrı'nın suratına doğru ileri geri salladı. "Sen... işe yaramazın tekisin! İşe yaramazsın!"

Tanrı korkmuş görünmüyordu. Avuçlarını havaya kaldırdı, onu sakinliğe davet ediyor gibi bir hali vardı.

"Buradaki herkes faydasız!" diye üstüne yürüdü Lambert. "Hiçbiriniz beni evime götürmediniz!"

"Jason, lütfen," dedi Geri dizlerinin üstüne çökerek, "bıçağa ihtiyacın yok. Hadi." Geri'nin korumacı bir şekilde Alice'e baktığını, Lambert ile kızın arasına girdiğini gördüm. "Hepimiz perişanız ama iyi olacağız."

"İyi olmak, iyi olmak," dedi Lambert alaycı bir tavırla. Tanrı'ya döndü. "Bir şeyler yapsana SALAK HERİF! YARDIM istesene!"

Tanrı da güvende olduğundan emin olmak istercesine Alice'e baktı, sonra bakışlarını tekrar Lambert'e çevirdi.

"İstediğin yardım benim, Lambert," dedi yumuşak bir sesle. "Gel bana."

"Sana mı geleyim? Neden? *Hiçbir şey...* yapmayasın diye mi? Kimse bir şey yapamaz. Baksana! HİÇBİRİMİZ bir şey yapamayız! Sen aslında yoksun! Sen faydasızın tekisin! Hiçbir şey yapmıyorsun!"

Sesi bir fısıltıya dönüşmüştü. "Sana inanmıyorum."

"Ama ben sana inanıyorum," dedi Tanrı.

Lambert'in gözleri titreşerek kapandı. Sohbetten sıkılmış gibi arkasını döndü. Bir an devrilip bayılacağını düşündüm. Sonra neler olduğunu zar zor hatırlayacağım kadar hızlı bir şekilde geriye doğru atıldı, kolunu gerip uzattı ve bıçağı Tanrı'nın boynuna sapladı.

Tanrı'nın eli boğazına gitti. Ağzı açıldı. Gözleri büyüdü. Ağır çekimdeymiş gibi filikanın kenarından geriye doğru okyanusa düştü.

"Hayır!" diye bir çığlık kopardı Geri. Nefesim kesilmişti. Gözümü bile kırpamıyordum. Lambert "Bitti!" diye bağırıp bıçağını yere attığında şoka girmiş bir hayvan gibi bakakaldım. Geri ona doğru atıldı ve yere indirdi ama bunu yaparken Lambert filikanın diğer ucuna gidip küçük Alice'i yakaladı ve onu yana doğru çekti.

"Gitme vakti!" diye bağırdı Lambert. "Gitme vakti!"

Alice'in denize düşme sesini duydum, o an kalbim öyle yüksek sesle attı ki kulaklarım o sesle doldu taştı. Bir anda Geri denize atlayıp Alice'in peşinden gitti. Filikada Lambert'le bir başıma kalmıştım. Titreyen ayaklarının üzerinde yükseldi ve bana doğru yalpalamaya başladı. "Güle güle Benji!" diye bağırdı. Hareket edemedim. Sanki arkamda durmuş kendimi izliyor gibiydim. Bana doğru atıldı; kan çanağı gözleri, sakallarla kaplanmış dudakları, sararmış dişleri ve morumsu dili... her şeyiyle öyle yakınımdaydı ki beni tamamen yutacak sandım. Başıma doğru hamle yaptı ve son anda, cesaretten çok korkaklıkla sanki içimdeki hava boşalmışçasına yere yığıldım. Lambert vücudumun üzerinde tökezledi ve yüzüstü denize çakıldı.

Göğsüm ağrıyor, başım zonkluyordu. Bir anda filikada bir başıma kalmıştım. Sağa sola döndüm. Geri'nin dalgalarla boğuşan küçük Alice'e yetiştiğini gördüm, akıntı onu belki on metre uzağa taşımıştı. Diğer tarafta Lambert'in suyu tokatladığını ve anlaşılmaz bir şekilde inlediğini duydum. Tanrı'yı hiçbir yerde göremiyordum.

"Benji!" diyerek tükürdü Lambert. "Benji, yardım..."

İlk defa bu kelimeyi kullandığını duymuştum. Kaba vücudunun suyun altında bir iblisle savaştığını gördüm, topuklarına yapışıp onu aşağı çekiyor, *sonun geldi, karşı koyma*, diyordu. Onu o iblisle bırakabilirdim. Belki de bana karşı her zaman nasıl kayıtsız kaldığını düşünürsek bunu yapmalıydım da. Suya batışını, sonra tekrar yüzeye çıkışını izledim. Yalnızca birkaç saniye daha. Sonra sonsuza kadar yok olacaktı. Bencil öfkesini de alaycılığını da alıp gidecekti. Fakat yine de...

"Benji," diye inledi.

Filikanın kenarından suya atladım.

★★★

Galaxy'nin battığı geceden beri suya girmemiştim. Su insanı sersemletiyordu. Bacaklarım hareketsizlikten öyle zayıflamıştı ki ayaklarımı çırpmak bile olağanüstü bir çaba gerektiriyordu. Susuzluktan kuruyan Lambert'in filikaya kadar olan kısacık mesafeyi bile aşamamasının sebebi sanırım buydu. Ona doğru kulaç atmaya başladım. Beni gördü ama bir tepki vermedi. Gözleri parlıyordu, dudakları aralanmıştı ve bir ağız dolusu okyanus suyunun ağzına girdiğini ve suyu tükürecek takatinin olmadığını gördüm. Sağ kolunu yakalayıp boynuma doladım. O kadar ağırdı ki ikimizi birden filikaya taşıyabileceğimden emin değildim. Bir buzdolabını dalgalar arasından çekmeye çalışmak gibiydi.

"Hadi," diye üsteledim. "Çırpın… Az kaldı."

Bir şeyler mırıldandı, sol kolu ölmekte olan bir yengeç gibi yüzeyde zayıfça çırpınıyordu.

"Benji," diye inledi.

"Buradayım," dedim nefes nefese.

"Sen… miydin?"

Yüzüne baktım. Benimkinden yalnızca birkaç santim uzaktaydı. Gözlerinde yalvaran bir ifade vardı. Bacaklarımda dayanacak güç kalmamıştı. Onu daha fazla tutamayacaktım. Bir anda, hiçbir şey söylemeden kolunu benim kolumdan kurtardı ve geri itti.

"Hey, hayır!" diye bağırdım o uzaklaşırken. Ona doğru sıçradım. Suyun altına inmişti. Derin bir nefes aldım ve onu yüzeye çıkarmak için suya daldım; artık ölü gibi ağırdı. Sonunda onu yüzeye çıkardım ama gözleri kapalıydı ve başı geriye düşmüştü. Nefes almıyordu.

"Hayır!" diye bağırdım. Onu gömleğinden çekmeye çalıştım, omzundan, boynundan tuttum ama ellerimin arasından kayıp gidiyordu. Sonra Geri'nin çığlığını duydum.

"Benji! Neredesin?"

Geri. Küçük Alice. Filikaya dönmelerine kim yardım edecekti? Ağırlık yapacak yolcular yoktu artık, filika sürüklenerek uzaklaşıyordu. Omzumun üzerinden baktım. Ne Tanrı ne de Lambert görünüyordu. Sonsuzluğa uzanan su ve gökyüzü panoramasını bölen tek şey turuncu filikaydı.

Filikaya ulaşana dek, ciğerlerim patlayacak gibi olana kadar yüzdüm. *Galaxy*'nin battığı gece bunu yapmanın ne kadar zor olduğunu hatırlayarak kendimi filikaya çekmeye çalıştım. Şimdi bunu yapmak daha da zordu. Lambert'in peşinden gitmekle kalan son enerjimi harcamıştım. Ayak parmaklarımdan çeneme kadar tüm kaslarım tepkisizdi.

Çek, dedim kendi kendime. Denedim. Kaydım. *Çek! İçeride hayat var. Dışarısı ölüm. Çek!* Son bir güçle kendimi boyun hizasına kadar çekmiştim, sonra omzumun hizasına yükseldim, vücudumun ağırlığı salı içine düşmeme yetecek kadar eğmişti, gövdemin ağırlığı beni içeri atmıştı. Ellerimle bacaklarımı çekmek zorunda kalmıştım, öyle bitkinlerdi ki. Nihayet salın zeminine düştüm. Altımda herhangi bir yüzey hissetmekten hiç bu kadar mutlu olmamıştım.

Geri'nin zayıf bir sesle bana seslendiğini duydum, onun ve Alice'in suda boğuştukları yöne doğru sürünerek ilerledim.

"Çek onu, çek onu," dedi Geri nefes nefese. Küçük Alice'in yüzündeki ifade benim ifademin bir yansımasıydı adeta; ağzı aralanmıştı, gözleri kocamandı ve korku doluydu. Geri küçük kızı yukarı itti ve onu titreyen ellerimle yakalayıp içeri çektim. Sırtüstü yere düştü.

"İyi misin Alice?" diye bağırdım. "Alice? İyi misin?"

Bana bakmakla yetindi. Geri'ye döndüm; kolları suyun yüzeyinde sallanıyordu, başı bir yarışı henüz bitirmiş ve koştuğu mesafenin uzunluğunu düşünen bir maratoncu gibi öne eğilmişti. Bu kadına hayranlık beslemiştim. Her seferinde öyle bir güç, öyle bir cesaret göstermişti ki böylesi cesarete sahip olmayı dilemiştim. Bir an için, dehşetin ortasındayken bile onun yardımıyla bir şekilde bu durumdan kurtulabilirmişiz gibi bir umut dalgası hissetmiştim.

"Hadi, Geri," dedim. "Çık şuraya."

"Evet," dedi hızlı hızlı soluyarak. Kollarını uzattı. "Bana yardım et."

Emniyet halatını belimin etrafına sararak kendimi yan taraftan aşağı saldım. Ona uzandım. Bir anda ifadesi değişti. Sarsılıyordu, başı öne eğikti.

"N'oldu?" dedim.

Aşağı baktı, sonra kafası karışmış gibi tekrar bana baktı.

Başı yana devrildi ve kolları, fişi çekilmiş gibi zayıf bir şekilde suya düştü. Bedeni yan döndü. Gözleri kapandı.

"Geri?" diye bağırdım. "Geri?"

Çiçek açar gibi yayılan kırmızı lekeler Geri'nin etrafındaki suyu karartmaya başladı. Gövdesi suyun yüzeyine çıkıp indi bir anlığına, ama bacakları yoktu.

"GERI!"

İşte o anda, Geri'den kalanlar için etrafında daireler çizen iki bulanık gri silueti fark ettim. Geri'nin daha önce bizi uyardığı şeyler tek tek zihnime doluştu, bedenim bu aydınlanmayla titredi. *Suda çırpınma. Dikkat çekme. Suda kalma.* Köpekbalıkları hiç gitmemişti. Sanki bir hata yapmamızı bekliyor gibi etrafımızda daireler çiziyorlardı.

Şok içinde arkamı döndüm. Sudan gelen sesler duydum ve görmemesi, duymaması veya hatırlamaması için küçük Alice'in üzerine kapandım. O canavarların sadece birimizle yetinmesi için dua ettim. Kulağa çok korkunç geliyor ama o anda hissettiğim şey buydu.

Küçük Alice'i kucağıma aldığımda olan biten her şeyin yalnızca birkaç korkunç dakika içinde yaşandığını fark ederek ağlamaya başladım. Herkes ölmüştü. Çocuk ve benim dışımda herkes ölmüştü.

"Özür dilerim," diyerek ağladım. "Onları kurtaramadım!"

Gözyaşlarımı içimi delip geçen bir hüzünle izliyordu.

"Herkes öldü, Alice! Tanrı bile."

İşte o zaman küçük kız nihayet konuştu.

"Tanrı *benim*," dedi. "Ve seni hiç bırakmayacağım."

On

On

Kara

"Benim adım Dobby."

LeFleur'ün kalbi bir tavşanınki gibi hızlıca atmaya başladı. Dobby, defterde bahsi geçen adam? Limpet mayını olan Dobby? Yazarın "deli" ve "katil" diye tanımladığı Dobby? Okuduğu cümleler zihnine doluştu. *Dobby'nin neden onun ölmesini istediğini anlıyorum... Galaxy'yi havaya uçurmak onun fikriydi.*

"Ne istiyorsunuz?" diye sordu LeFleur, boğazı aniden kurumuştu. Kaldırımda, evinden belki otuz metre kadar uzaktaydılar. Dobby cevap vermeyince LeFleur, "Ben bu sokakta yaşıyorum. Bütün mahalle beni tanır. Hatta muhtemelen şu anda pencerelerinden bizi izliyorlardır," dedi.

Dobby kafası karışmış gibi evlere baktı, sonra dikkatini tekrar komisere verdi. "Kuzenim," dedi. "Adı Benjamin Kierney'di. *Galaxy*'deydi. Güverte görevlisiydi. Bir ihtimal ona ne olduğunu biliyorsunuzdur diye umuyordum. Bize anlattıklarından fazlasını belki."

"Kimmiş onlar?"

"Sextant'ta çalışanlar. Teknenin sahipleri."

"Size ne dediler?"

"İşe yarar bir şey söylemediler. 'Herkes öldü. Çok üzgünüz.' Standart saçmalıklar."

LeFleur tereddüt etti. Bu adam ne tür bir oyun oynuyordu? Teknede ne yaşandığını biliyordu. Bunu yapan kişi oydu. Acaba bilip bilmediğini görmek için LeFleur'ü mü deniyordu? Bu adamı hemen tutuklamalı mıydı? Hangi suçlamayla? Ve neyle? Yanında ne silahı ne de kelepçesi vardı. Adamın ne kadar tehlikeli olduğunu bilmiyordu. *Oyala. Hakkında daha fazlasını öğren.*

LeFleur, "Yalnızca bir saldı," dedi.

"Yaşam belirtileri var mıydı?" diye sordu Dobby.

"Ne demek istiyorsunuz?"

"Salda birinin olup olmadığına dair bir ipucu?"

LeFleur nefesini kontrol altına aldı.

"Bakın Bay..."

"Dobby."

"Dobby. O sal buraya gelmek için iki bin kilometre yol kat etti. Bu da iki bin kilometre boyunca dalgalar, fırtınalar, rüzgâr ve deniz yaşamı demek. Herhangi birinin bütün bunlara karşı ne kadar şansı olabilir? Bir sene boyunca?"

Dobby bunu daha önce de duymuş gibi başıyla onayladı.

"Sadece..."

LeFleur bekledi.

"Kuzenim. O işlerin içinden nasıl çıkacağını bilirdi. Zor bir hayatı oldu. Çok fakirdi. Birçok kez pes edebilirdi ama etmedi. Salın bulunduğunu okuduğumda düşündüm ki, belki de, kulağa delice gelebilir ama o da kurtulmanın bir yolunu bulmuştur."

"Bunu öğrenmek için mi onca yolu geldin?"
"Yani... evet. Biz çok yakındık."
Bir araba sokağa döndü, farları ikisinin üzerinden geçti. LeFleur sağa, Dobby sola çekildi. Şimdi kaldırımın karşı tarafındaydılar. LeFleur defterden daha fazla ayrıntı hatırlayabilmek için zihnini zorladı. Dobby'nin aslında hangi rolü oynadığıyla ilgili her şeyi öğrenmek için deftere kavuşması gerekiyordu.
Aklına bir fikir geldi. Riskliydi. Ama başka ne seçeneği vardı?
"Nerede kalıyorsunuz Bay Dobby?"
"Şehir merkezinde. Bir konukevinde."
LeFleur evinin verandasına ve orayı aydınlatan sokak lambasına baktı.
"Akşam yemeği yemek ister misiniz?" diye sordu.

★★★

Bir saat sonra LeFleur, Patrice'in hazırladığı keçi suyu çorbasından içiyor, Dobby konuşurken gülümsemek için kendini zorluyordu. Patrice durumu normal karşılamıştı. Eşi eve yanında yabancı bir gezginle gelmişti. Sofraya bir sandalye daha ekleyebilirler miydi? Sık sık olan bir şey değildi ama Patrice bu duruma özellikle memnuniyetle karşılık verdi. Lilly'nin ölümünden beri katlanmak zorunda oldukları yalnızlık, evlerinin içine kara bir gölge gibi yerleşmişti. Her yeni ziyaretçi eve ışık getiriyordu.
"İrlanda'nın neresindensiniz, Dobby?" diye sordu Patrice.
"Carndonagh diye bir şehirden. Kuzeyde kalıyor."
"Montserrat'a Karayiplerin İrlanda'sı dediklerini biliyor muydunuz?"
"Öyle mi?"
"Çünkü şekli İrlanda gibi. Ve seneler önce buraya gelen insanların çoğu İrlandalıydı."

"Eh, ben de çocukken İrlanda'dan ayrıldım," dedi Dobby. "Boston'da büyüdüm."

"Boston'dan ne zaman ayrıldınız?" diye sordu LeFleur.

"On dokuz yaşındayken."

"Üniversite?"

"Yok ya, okulla pek işim olmazdı. Benji de öyle." LeFleur defterden bir karakter canlanmış gibi hissetti. Bu adam hakkında kendisinin henüz anlatmadığı şeyleri biliyordu. Sabırlı olmalı, onu konuşturmalıydı.

"Sonrasında ne yaptınız?"

"Jarty," dedi Patrice, LeFleur'ün eline dokunarak. "Yemek yemesine izin versek mi?"

"Pardon."

"Yok, sorun değil," dedi Dobby ağzındakini çiğneyerek. "Pek çok şey yaptım. Tuhaf işler. Seyahat ettim. Konser işlerinde yer aldım."

"Müzisyen misiniz?" dedi Patrice.

"Keşke." Dobby gülümsedi. "Ben ekipmanı taşırım. Yerleştiririm. Parçalara ayırırım. Daha iyi bir dünya arayışında bir yol arkadaşıyım."

"Ne kadar eğlenceli," dedi Patrice. "Birçok ünlü insanla tanışmış olmalısınız."

"Bazen, evet. Ünlü insanlar pek ilgimi çekmiyor."

"Peki ya ordu?" diye sordu LeFleur. "Görevinizi yaptınız mı?" Dobby'nin gözleri kısıldı. "Bunu bana neden soruyorsunuz ki?"

"Evet Jarty," diye ekledi Patrice. "Neden sordun?"

LeFleur kızardığını hissetti. "Bilmem," diye mırıldandı. "Meraktan."

Dobby arkasına yaslandı ve ellerini uzun, tel tel olmuş saçlarının arasından gezdirdi. Sonra Patrice "Bir yerlerde Bayan Dobby var mı?" diye sordu ve sohbetin gidişatı değişti. LeFleur sessizce kendine küfretti. Daha dikkatli olmalıydı. Dobby,

LeFleur'ün ne yaptığını bildiğinden şüphelenirse hakkında bir soruşturma açılmadan adadan kaybolabilirdi. Öte yandan da elinde bir delil olmadan adamı tutuklayamazdı. Kanıt demek defter demekti. Defterse, onu neden aldığını açıklaması gerektiğini anlamına geliyordu. Düşünceleri bu üçgenin etrafında dolaşmakla öyle meşguldü ki sohbetin akışını kaçırdı, ta ki karısı, "... kızımız Lilly," diyene kadar.

LeFleur sertçe gözlerini kırpıştırdı.

"Dört yaşındaydı," dedi Patrice. Elini kocasının elinin üzerine koydu.

"Evet," diye mırıldandı LeFleur.

"İkiniz için de gerçekten çok üzüldüm," dedi Dobby. "Kelimeler kifayetsiz kalır."

Ortak bir düşmana yakınıyormuş gibi başını iki yana salladı. "Kahrolası deniz," dedi.

★★★

O gece Dobby'yi konukevine bıraktıktan sonra LeFleur caddenin karşısına park etti ve motoru durdurdu. Bir yanı bu adamı gözlerinin önünden ayırmak istemiyordu.

Ceptelefonu titredi. Mesaj. Patrice'den.

Kahvemiz bitti. Gelirken al.

LeFleur dudaklarını ısırdı. Karısına cevap yazdı.

Dobby ile birer içki içiyoruz. Birazdan evde olurum.

Gönder tuşuna bastı ve iç çekti. Patrice'e yalan söylemekten nefret ediyordu. Aralarındaki uçurumdan nefret ediyordu.

Oluşan o son uçurumdan. İçten içe, o hâlâ kızının ölümünü kabullenmekte bir savaş verirken karısının bu olayla barışmış görünmesine içerlemişti. Patrice, bunun Tanrı'nın isteği olduğuna inanıyordu. Planının bir parçası olduğuna inanıyordu. Patrice mutfakta bir İncil bulundurur ve sık sık okurdu. Bunu yaptığında LeFleur bir kapının kilitlendiğini ve geçmesine izin verilmediğini hissederdi. Daha gençken inançlı biriydi ve Lilly'nin doğduğu gün hepsinden daha üstün bir güç tarafından kutsanmış hissetmişti.

Ama Lilly'nin ölümünden sonra bakış açısı değişmişti. Tanrı mı? Şimdi neden Tanrı'dan merhamet dilesindi ki? Kayınvalidesi plaj sandalyesinde uyuyakaldığında Tanrı neredeydi? Kızı denizin kıyısına vurduğunda Tanrı neredeydi? Tanrı neden onun küçük ayaklarının başka yöne, güvenli bir yere, annesine ve babasına gitmesini sağlamamıştı? Nasıl bir Tanrı, bir çocuğun bu şekilde ölmesine izin verebilirdi?

Görünmez güçlerde huzur yoktu, LeFleur için yoktu. Sadece önünüze konulanlar ve bunlarla nasıl baş ettiğiniz gerçekti. İşte bu yüzden defter onu böylesine meşgul etmiş, zaman zaman da öfkelendirmişti. Bir grup gemi kazası geçiren insan, cankurtaran botunda yanlarında Tanrı'nın olduğuna mı inanıyordu? Bu dünyada sebep olduğu tüm facialardan onu sorumlu tutuyorlar mıydı? LeFleur olsa tutardı.

Torpido gözünü açtı ve viskisini koyduğu mataradan büyük bir yudum aldı. Sonra çantasını açmak için koltuğa uzandı, defteri buldu, arabanın tavan ışığını açtı ve hikâyeye kaldığı yerden devam etti. Konukevinin ikinci katındaki penceresinden Dobby'nin kendisini izlemekte olduğu dürbünün küçük yuvarlak merceklerini fark etmemişti.

***

LeFleur son sayfayı okumayı bitirdiğinde saat gece yarısını geçmişti.
Tanrı benim. Ve seni hiç bırakmayacağım.
Defteri kucağına bıraktı. Küçük kız Tanrı mıydı? Olmayan birkaç sayfayı aradı. Küçük kız Tanrı'ydı. Hikâyenin gidişatı gereği bu bazı şeyleri açıklıyordu. Payına düşen yiyeceği hep yabancıyla paylaşması. Hiç konuşmaması. Bütün bu süreç boyunca onları izliyordu. Benji'yi izliyordu. Ama o zaman, Tanrı olduğunu iddia eden adam kimdi? Ve neden ölmesine göz yumuldu? Küçük kız neden onu ya da diğer herkesi kurtarmadı?

Saatine baktı. Gece yarısını geçmişti. Ekrandaki tarih az önce değişmişti. 10 Nisan.

Donup kaldı.

Lilly'nin doğum günü.

Yaşasaydı bugün sekiz yaşında olacaktı.

Parmaklarını alnına bastırdı ve avuçlarıyla gözlerini kapattı. Zihni kızıyla olan anılarıyla dolup taştı. Onu yatağa yatırışı. Kahvaltı hazırlayışı. Şehirde karşıdan karşıya geçerken elini tutuşu. Bir sebepten ötürü kendini Benji'nin hikâyesinin sonunu düşünürken buldu, Benji'nin küçük kızı kollarının arasına alması, küçük kızın nasıl biri olduğu... Onu Lilly olarak hayal etti.

Arabadan indi, arkaya yürüdü ve bagajı açtı. Yedek lastiği örten soluk mavi örtüyü kenara çekti. Orada, jantın ortasına sıkışmış, üç yıl önce sakladığı bir şey vardı. Küçük bir pelüş oyuncak: Lilly'nin kahverengi beyaz kangurusu. Patrice'in Lilly'nin eşyalarını kartonlara doldurup kaldırdığı gece koymuştu onu oraya. Oyuncağı oraya saklamıştı; çünkü kızıyla ilgili her şeyin ortadan kaldırılmasını istemiyordu. Bu oyuncağı seçmişti çünkü onu Lilly'ye doğum gününde o hediye etmişti. Son doğum gününde.

"Babacığım," demişti o gün Lilly kangurunun karnındaki yarığı göstererek, "bebek kangurular buraya girer."

"Aynen öyle," demişti LeFleur. "Ona kese denir."
"Bebek o kesede güvende mi?" diye sormuştu Lilly.
"Bebek annesinin yanında hep güvendedir."
"Ve babasının," demişti Lilly gülümseyerek.
LeFleur o anı hatırladığında yıkıldı. Öyle çok ağladı ki bacaklarında derman kalmadı. Kanguruyu göğsüne bastırdı. Kızlarını güvende tutamamışlardı. Hepsi onların suçuydu. Defterdeki küçük kızın söylediklerini düşündü: *Seni hiç bırakmayacağım.*
Fakat Lilly bırakmıştı.

Haberler

HABER SUNUCUSU: *Geçen sene trajik bir şekilde batan Galaxy ile ilgili yeni bir gelişme daha yaşandı. Tyler Brewer'ın haberi.*

MUHABİR: *Karayip adalarından Montserrat'ta Galaxy'den gelen bir salın bulunması haberini takiben kurbanların aileleri okyanusta tekneye dair kalıntıların tekrar aranması için bir çağrıda bulundular. Bugün bir zamanlar Jason Lambert'a ait olan Sextant Capital enkaz arama çalışmalarının ivedilikle başlayacağını duyurdu. Lambert'in eski iş ortağı Bruce Morris yaşanan kazadan itibaren şirketi devralan isim oldu.*

BRUCE MORRIS: "*Son haberlerin Galaxy'nin başına gelenlerle ilgili daha kapsamlı araştırmanın gerekliliğini garantilediğine inanıyoruz. Dünyanın en büyük okyanus keşif şirketi Nesser Okyanus Araştırmaları ile Galaxy'den en son* *haber aldığımız bölgeyi araştırmak ve deniz tabanına sondalar göndermek üzere ortaklık kurduk. Ortada bulunması gereken bir şey varsa onu bulacağız."*

MUHABİR: *Morris, bu çabaların çoğu zaman nafile sonuçlar doğurduğuna dair uyarılarda bulundu. Bir şey bulunsa bile akıllardaki tüm soruları cevaplaması mümkün değil. Ancak Montserrat'ta cankurtaran salının ortaya çıkmasından beri farklı hükümetlerden ve nüfuzlu ailelerden gelen baskılar arttı.*

HABER SUNUCUSU: *Bahsi açılmışken Tyler, cankurtaran salını bulan adamdan bir haber var mı?*

MUHABİR: *Henüz bulunamadı. Montserrat oldukça küçük bir ada. Bu yüzden birinin uzun bir süre ortalarda görünmemesi pek olası değil.*

Kara

Konukevinin kapısı açıldığında, "Günaydın!" dedi LeFleur neşeyle. "Şöyle bir gezelim ister misin?"
Dobby yüzünü ovuşturarak mırıldandı. "Saat kaç?"
"Sekiz oldu sayılır. Salı bulduğumuz sahile gidiyorum. Görmek istersin diye düşündüm."
Dobby güçlü bir nefes çekti. Siyah bir Rolling Stones tişörtü ve turuncu koşu şortu giymişti.
"Evet," diye homurdandı. "Aslına bakarsan çok isterim. Biraz bekler misin kendime geleyim?"
"Tabii. Arabada bekliyorum seni."
LeFleur'ün bir planı vardı. Dobby ile baş başa kalıp sonra da bildikleriyle yüzleşmesini sağlamakla başlayacaktı. Bir muhabirle denk gelmek istemiyordu. Ve muhabirlerin olmayacağını bildiği bir yer vardı.

Bir saat sonra Dobby pencereden dışarıyı izlerken LeFleur cipini yasak bölgenin karanlığında gezdiriyordu. Adanın kuzey tarafındaki gür yeşil bitki örtüsü ve meyveli dondurma renklerindeki evler gitmiş, yerini çamur ve gri kum tepelerinden oluşan, ayın dokusuna benzer bir arazi almıştı. Ara sıra bir sokak lambasının tepesinin veya bir evin üst katının küllerin arasından yükseldiği görülebiliyordu.

Yasaklı bölge Montserrat'ın ölü yarısıydı, bir dünyanın sonunu ve bir diğerinin başlangıcını düşündüren donuk, boş bir panoramaydı. Soufrière Hill patlamasından yirmi dört sene sonra bile bölge hâlâ erişime kapalıydı.

"Neden bu yolda başka hiç araba yok?" dedi Dobby.

"Yalnızca görevli araçlar girebilir."

"Sahil buranın ilerisinde mi?"

"Evet," diye yalan söyledi LeFleur.

Dobby pencereden dışarı baktı. "Bu yanardağ patlayalı ne kadar oldu?"

"1997."

"Eminim o seneyi hiç unutamamışsındır."

"Unutamadım," dedi LeFleur. "Hiçbirimiz unutmadık."

Sonunda cip, bir zamanlar adanın en büyük şehri olan Plymouth'a vardı. Burada eskiden dört bin kişi yaşıyordu. Mağazalar ve restoranlar açılmıştı. Şimdi tıpkı Pompeii gibi, Plymouth da külden harabeleriyle biliniyordu. İşin garibi, nüfusu sıfır olmasına rağmen adanın resmi hükümet merkezi olarak kalmasıydı. Bu da bu şehri dünyanın tek hayalet merkez kasabası haline getirmişti.

"Bu çok korkunç," diye mırıldandı Dobby.

LeFleur gözlerini yoldan ayırmadan başıyla onayladı. Gerçekten korkunçtu. Ama bir tekne dolusu masum insanın planlı cinayetinden daha kötü müydü? Şu Dobby denen adamı, olaylara tepki verme şeklini anlayamamıştı. Defterde anlatılanlar doğruysa Benji'nin "kuzeni" suçlarını ve hatasını gizlemede inanılmaz derecede iyiydi. Fakat en büyük soru hâlâ cevaplanmamıştı: Dobby, *Galaxy*'den nasıl sağ çıkabilmişti? Herkes ölürken o nasıl kurtulmuştu?

"Şu bir kilise mi?" diye sordu Dobby parmağıyla göstererek. LeFleur cipi yavaşlattı ve bir katedralin kalıntılarını gördü. "Öyleydi," dedi. Bir saniye düşündü. "İçeri bakmak ister misin?"

Dobby şaşırmış görünüyordu. "Olur. Eğer vaktin varsa."

Birkaç dakika sonra volkanik patlamadan dolayı içi ve dışı yanmış harap yapıya giriyorlardı. Bir zamanlar çatıyı destekleyen kirişlerin arasından ışık sızıyordu. Kilise oturaklarından bazıları hâlâ birbirine paralel şekilde diziliydi, ancak diğerleri paramparçaydı, gevşek tahtalar ve sırtlıklar dört bir yana dağılmıştı. Zemin külle kaplıydı. Dua kitapları açık ve tek edilmiş bir haldeydi. Yer yer yeşilliklerin büyüdüğünü gördü; dünya ona ait olanı geri alıyordu.

Dört basamaklı kürsünün kalıntıları ortada, siyah yanmış büyük bir kemerin önünde duruyordu.

"Gidip şunun üstüne çıksana," diye bir öneride bulundu LeFleur, "ben de senin bir fotoğrafını çekeyim."

Dobby omuz silkti. "Yok ya, kalsın."

"Hadi. Bir daha buraya ne zaman gelirsin kim bilir."

Dobby tereddüt etti, sonra çizmelerini küllerle kaplı zeminde merdivene doğru sürükleyerek ilerledi. LeFleur bekledi. Saç çizgisinin başladığı yerde boncuk boncuk terliyordu. Kürsü yuvarlak bir mahfazanın içindeydi, bel hizası yüksekliğindeydi ve etrafı korkuluklarla çevriliydi. Tek bir yerden girilip bir yerden çıkılıyordu.

Dobby en yüksek basamağa ulaştığında ellerini kirli kenarlıklara dayadı. Bir rahip olsaydı vaaz için hazır olduğu söylenebilirdi.

LeFleur, "Kameramı alayım," dedi. Yavaşça yan tarafına uzandı, bir nefes aldı, sonra silahını kılıfından çıkardı. İki eliyle namluyu sabit tutarak gözleri kocaman açılmış duran Dobby'ye doğrulttu.

"Şimdi," dedi LeFleur. "*Galaxy*'ye ne yaptın?"

On Bir

Kara

"Sen neden bahsediyorsun?" diye bağırdı Dobby. "Bunu neden yapıyorsun?"

LeFleur'ün kolları titriyordu. Silahı dümdüz ileri doğrulttu.

"Hepsinden sen sorumlusun," dedi.

"Hepsi kim?"

"*Galaxy*'deki insanlar. Hepsini sen öldürdün. Tekneye bir mayın getirdin ve bir şekilde patlattın. Şimdi bana bunu nasıl yaptığını ve nasıl kaçtığını anlatacaksın."

Dobby yüzünü öyle buruşturmuştu ki LeFleur bunun bir oyun olduğundan emindi.

"Seni anlamıyorum dostum!" dedi Dobby. "Hadi ama. *Lütfen.* Şu silahı indir. Bütün bunları nereden çıkarıyorsun?"

"İnkâr mı ediyorsun?"

"Neyi inkâr mı ediyorum?"

"*İnkâr* mı ediyorsun?"
"Evet. Evet! İnkâr ediyorum. Tanrım, hadi ama. Neden bahsettiğini bile bilmiyorum. Anlat!"
LeFleur kocaman bir nefes verdi. Bir elini silahtan çekip kiliseye yanında getirdiği evrak çantasına uzandı. Yırtık not defterini çıkardı ve onu izleyen Dobby'ye uzattı.
"Bunu salda buldum," dedi LeFleur. "Her şeyi açıklıyor."

★★★

Sonraki üç saat boyunca Dobby kürsüde çömelmiş otururken LeFleur bir sıraya oturmuş, silahı kucağından indirmeden defterin sayfalarını yüksek sesle okumuştu. Arada bir Dobby'nin yüzünde bir yanıt arıyor gibi ona bakıyordu. Başlangıçta anlatılanlara inanmıyormuş gibi görünüyordu ama LeFleur devam ettikçe Dobby'nin omuzları çöktü ve başı öne eğildi.

LeFleur ona *Galaxy*'nin nasıl battığını okudu. Bernadette ve Nevin'in ölümünü, Bayan Laghari'nin acımasız talihini okudu. Lambert'in kibri, oburluğu, egosu ile ilgili kısımları vurguladı. Davul kasasındaki limpet mayınıyla ilgili kısımları yavaş ve üzerinde durarak okudu. Benji'nin "Tanrıcılık oynayamayız," dediği ve Dobby'nin cevap olarak "Neden olmasın? Tanrı bu konuda hiçbir şey yapmıyor," dediği kısmı iki kez okudu. Dobby'nin bir patlamada ölmenin "karınca gibi yaşamaktan daha iyi olduğunu" söylediği yeri okurken bir avukatın üzerinde durduğu noktanın iyice anlaşıldığından emin olmak için duraksadığı gibi duraksadı.

LeFleur okuduğu süre boyunca Dobby iç çekti; zaman zaman kıkırdadı ve bir kereden fazla gözlerinden yaşlar döküldü. Ara sıra başını ellerinin arasına gömüp "Ah, Benji," diye iç çekiyordu. Bazı tepkileri LeFleur'e garip gelmişti ama en nihayetinde bütün bu olup biten garipti: harap olmuş bir kilisede ölü bir kuzenin yazdığı defteri okumak, Tanrı'nın bir cankurtaran salında belirdiğinden bahsetmek.

LeFleur okumayı bitirdiğinde vakit öğleden sonrasını geçmişti. Sayfaları okumaya öyle dalmıştı ki vaktin nasıl geçtiğini neredeyse fark etmemişti. Alice isimli küçük bir kızın "Tanrı benim ve seni hiç bırakmayacağım," dediği son satırları okuduktan sonra defteri kapattı ve alnında biriken küllü teri silmek için kolunu kaldırdı. Ayağa kalktı, silahı hâlâ Dobby'ye dönüktü.

Dobby'nin hemen göz teması kurması onu şaşırtmıştı. Sarsılmış veya suçüstü yakalanmış gibi görünmüyordu. Aksine, sanki bir cenaze töreninden henüz çıkmanın üzüntüsüyle durgunlaşmış görünüyordu.

"Bu bir yardım çığlığı be dostum," dedi sessizce.

"Ne diyorsun sen ya?"

"Aklını yitirmiş. Hepsi uydurma. Hadi ama... Gerçekten de Tanrı'yla bir salda seyahat ettiğine inanıyor musun? Sen polissin."

"Doğru evet, öyleyim," dedi LeFleur defteri sallayarak. "Ve bu defterde senin *Galaxy*'ye bir bomba yerleştirmenden, bunu yapmak için sebeplerinden ve bütün o insanları nasıl öldürdüğünden bahsediliyor."

"Evet," dedi Dobby neredeyse gülerek. "İşin en akıl almaz yanı da bu."

"Ah, öyle mi?" deyip duraksadı LeFleur. "Nedenmiş?"

"Çünkü," dedi Dobby nefes vererek, "ben o tekneye hiç ayak basmadım."

Haberler

HABER SUNUCUSU: *Bu akşam, bir yıldan uzun bir süre önce Kuzey Atlantik Okyanusu'nda batan lüks tekne Galaxy'nin arama çalışmalarıyla ilgili bir gelişme ile karşınızdayız. Tyler Brewer'ın haberi.*

MUHABİR: *Teşekkürler, Jim. Yanımda Florida'nın Naples bölgesinde yer alan Nesser Okyanus Araştırmaları'nın sahibi Ali Nesser var. Birkaç gün içinde arama gemisi İlyada, Galaxy'nin battığına inanılan Atlantik Okyanusu'nu tarayacak. Bay Nesser, bu sürecin nasıl ilerlediğini anlatabilir misiniz?*

ALI NESSER: *Tabii. Öncelikle alınan son sinyallere ve deniz akıntılarına dayanarak "arama kutusu" denen, beşe beş kilometrelik bir alanın haritasını çıkarıyoruz. Bu arama kutusuna manyetik alanda gerçekleşen herhangi bir değişikliği* ölçen ve değişiklikleri gerçek zamanlı olarak geri gönderen kenar tarayıcılı deniz radarı ve bir manyetometre yerleştiriyoruz. Temel olarak batık bir yat gibi büyük bir şeyin sinyalini almayı umarak bölgeyi taramaya devam edeceğiz. Sinyal alamazsak arama kutusunu genişleteceğiz. Bir sinyal almamız halinde daha iyi bir görünüm elde etmek için aşağı bir sonda göndereceğiz.

MUHABİR: *Tekneyi yüzeye çıkarma ihtimaliniz var mı?*

ALI NESSER: *Bu, arama için finansman sağlayan kişilere sormanız gereken bir soru.*

MUHABİR: *Ama böyle bir şey mümkün mü?*

ALI NESSER: *Her şey mümkün. Bunu neden istediğinizi anlayamadım.*

MUHABİR: *Bildiğiniz gibi o felakette birçok tanınmış insan öldü.*

ALI NESSER: *Evet ve o tekne onların mezarı. Gerçekten onları rahatsız etmek ister miydiniz?*

MUHABİR: *Sanırım bu başka birinin vermesi gereken bir karar.*

ALI NESSER: *Sanırım öyle.*

MUHABİR: *Canlı olarak bildirdik. Ben Tyler Brewer. Jim?*

Kara

Dobby ellerini başının üstüne koydu ve yavaşça kürsüde oturduğu yerden kalktı.

"Ayağa kalmak zorundayım, lütfen," diye rica etti. "Sırtım beni mahvediyor."

LeFleur hâlâ silahı ona doğru tutuyordu fakat o da yorulmaya başlamıştı. Defteri sesli okumak boşa bir çabaydı. Birini itiraf ettirmek için yasaklı bölgeye getirmenin çok da iyi düşünülmüş bir plan olmadığını fark etti. Destek ekibi yoktu. Bir şeyler ters gidecek olsa yardım gelecek yerden çok uzaktaydı.

"Hâlâ bir cevap bekliyorum," dedi LeFleur. "Nasıl yaptın? Neden yaptın?"

Dobby ellerini pis zemine indirdi. Parmaklarıyla külleri temizledi. "Bak," dedi. "Aslında sana tüm bunları anlatmak istemiyorum. Ama görüyorum ki bana inanman için tek yol bu."

"O yata hiç binmediğini mi söyleyeceksin?"

"Binmedim. Gördüm ama. Benji'yle Cape Verde'ye gittim ve yükleme yaptıkları sabah onu rıhtıma götürdüm. Onun için endişeleniyordum. Çok şey yaşamıştı ve tuhaf davranıyordu. Huzursuzdu. Yalnız kalmasını istememiştim."

"Neden rıhtıma kadar gittin?" diye sordu LeFleur.

"Fashion X'in menajeri orada olacaktı. Bir selam vermek istedim. Dürüst olmak gerekirse, bir sonraki turne için beni işe almasını umuyordum. Hepsi bu. Yemin ederim."

"Yani *Galaxy*'yi gördün?"

"Gördüm. Tıpkı Benji'nin yazdığı gibi, tam bir canavardı. Açgözlülük ve israfın sembolüydü."

"İşte şimdi defterdeki adam gibi konuşuyorsun."

"Yalnızca gerçekleri söylüyorum. Üst güverte açık hava tiyatrosu gibiydi; sahne, onlarca sandalye, devasa bir ses sistemi. Ve o teknede misafir olan her kişiye birer çalışan görevlendirilmişti. Her ne isterlerse çalışanlar tedarik etmeliydi. İçki. Havlu. Gecenin bir yarısı iPad. Bütün seyahat böyle geçti. En azından Benji bana böyle olduğunu söylemişti. Seyahatin başlangıcından bitişine kadar dört konuktan sorumluydu. Onu görevlendirdiklerinde Benji'nin yanındaydım."

"Kim olduklarını hatırlıyor musun?"

Dobby çenesini kaşıyarak başını yere eğdi. "Evet," dedi. "Şimdi hatırlıyorum."

"Kim?"

Dobby iç çekti. "Biri şu yüzücüydü, Geri. Biri Yannis'di, Yunan olan. Biri Hintli kadın Bayan Laghari –o kadını hatırlıyorum çünkü kıyafetlerime ona bir hakaretmiş gibi bakmıştı ve Benji'den bir çift küpesini tutmasını istemişti– ve sonuncusu da uzun boylu İngiliz bir adamdı, adını unuttum."

"Nevin Campbell?" dedi LeFleur.

"Evet. Benji bunlardan sorumluydu. Bu dördüne bakacaktı."

LeFleur başını iki yana salladı. "Hadi ama. Az önce söylediğin isimlerin hepsi can kurtaran salındaki kişilerdi."

"Biliyorum," diye cevap verdi Dobby. "Sana diğerlerini de anlatabilirim. Jean Philippe ve Bernadette'le de tanıştım. Benji tanıştırmıştı. Tatlı insanlardı. Komiklerdi."

"Peki şu Etiyopyalı kadın, Nina?"

"Hiç tanışmadık. Fakat onu gördüm."

"Nina olduğunu nereden biliyordun?"

"İnan bana böylesi bir kadını görsen unutamazsın. Iman'a benziyordu, manken olan hani? Benji'ye el salladı, ben de 'Bu da kim?' dedim. Benji de 'Nina, saçlarımı o kesti,' dedi."

LeFleur derin bir nefes verdi. Bu delilikti. Dobby az önce hikâyedeki neredeyse tüm yolcuları ezbere saymıştı. Aslında basit bir açıklaması vardı. Yalnızca isimleri söyleyip kafasına göre hikâyelerini uyduruyor olabilirdi.

"O küçük kız?" diye sordu LeFleur. "Alice?"

"Onu hiç görmedim."

"Peki, Jason Lambert?"

Dobby dudağını ısırıp uzaklara baktı.

"Ne?" dedi LeFleur.

"Silahını indir, memur bey. Ben de sana bir hikâye anlatayım."

LeFleur istifini bozmadı.

"Yapma ama," dedi Dobby. "İçten içe o deftere inanmıyorsun. Silahı indir, her şeyi anlatacağım."

LeFleur sol eliyle gözlerini ovuşturdu. "Neden tüm olan biteni bilmem gerek? Jason Lambert ile meselen ne?"

Dobby bakışlarını kaldırdı.

"Benji, Lambert'i babası sanıyordu."

***

Güneş ışınları kilise tavanında bin parçaya bölünürken Dobby, LeFleur'e Benji'nin çocukluğunu anlattı.

"Benji'nin annesinin adı Claire'di. Benim annem Emilia. Kardeşlerdi. Çok yakınlardı birbirlerine. Babam ölünce, Benji'nin de yazdığı gibi Amerika'ya geldik. Ama Benji neden geldiğimizi anlatmamış.

Benji'nin babasının bir Amerikalı olduğu söylenirdi, bu doğru. Ve annesi golf turnuvasının olduğu hafta İskoçya'da tanışmış onunla. Zavallı kasabamızdaki birçok kadın gibi o da bir anda çok erken bir yaşta hamile kaldı. Annem dışında kimseye tek kelime etmedi. Ama karnı belli olmaya başladığında Claire'in anne babası ondan utanmışlardı. İnsanların babasının kim olduğunu bilmeleri bizim yaşadığımız toplumda önemliydi. En azından suçlayacak biri olurdu. Ama babayı sır gibi saklamak Claire'in işini zorlaştırdı. İnsanlar hamile kalması onun suçuymuş gibi davrandı. Ona karşı hal tavırları korkunçtu. Claire akıllıydı. İyi bir sporcuydu. Ama doğum yaptıktan sonra bir başına kaldı. Ve Carndonagh, kendi başınıza kaldığınızda yaşaması kolay bir yer değildi.

Benji'yi tek başına büyüttü. Gündüzleri bir kasapta çalışıyor, akşamları da dükkânın üstündeki bir dairede yaşıyordu. Neredeyse tek kuruş paraları yoktu. Kasabanın gözünde onlar yabaniydi. Claire ailesinden hiç yardım kabul etmedi. Gururluydu, dürüst olmak gerekirse biraz dik kafalıydı.

Annemin anlattığına göre Claire bir akşam bize gelmiş, telaşlı bir hali varmış. Benji'nin biyolojik babası hakkında bir dergide bir yazı gördüğünü söylemiş. Artık çok başarılı biriymiş ve Boston'da yaşıyormuş. Claire onu bulacağını ve oğlundan bahsedeceğini söylemiş. Adamın sorumluluk alacağına inanmış. Tabii ki annem ona 'Aptallık etme. Seni bir dilenci gibi kovar,' demiş. Ama Claire kafaya koymuş bir kere. Benji ve annesi bir sene boyunca bizimle yaşadı, bu sayede Claire kazandığı parayı biriktirip uçak bileti alabilecekti. İşte o zamanlarda Benji ve ben çok yakınlaştık. Aynı yatakta uyuyor, birlikte kahvaltı ediyorduk. Birbirimizi kardeş olarak görüyorduk çünkü ikimizin de kardeşi yoktu.

Neyse. Olanları okudun. Onca yolu aşıp Amerika'ya gittiler ama annem haklıydı. Adam, Claire'i geri çevirmiş. Claire'in kalbi kırılmıştı. Annem bunu mektuplardan ve telefon görüşmelerinden anlıyordu. Bu yüzden ona yakın olmak için Boston'a taşındık. O ikisi arasında çok güçlü bir kız kardeşlik bağı vardı, işten, ülkeden daha güçlüydü. İşin garibi, Benji ve ben de böylesi bir bağ kurmuştuk.

Oraya vardığımızda Benji eskisi gibi değildi. Reddedildiğini biliyordu. Bunun annesini ne hale getirdiğini görüyordu. Parası olan ya da kendini ondan üstün gören herkesten nefret etmeye başladı. Sanırım kendini babası için yetersiz görmüştü, bu yüzden de bu insanları babasıyla ilişkilendiriyordu. Ama babası hep aklındaydı. Gençken beyzbol stadyumu Fenway Park'taki tribünlere gizlice sızardık; pahalı koltuklarda oturan insanlara bakar ve 'Bu adamlardan herhangi biri benim ölü babam olabilir,' derdi. Okuldan sonra T hattına biner ve lüks mahalle Beacon Hill'e gidip sigara içerek güzel takım elbiseleri içinde işten eve dönen zengin adamları izlerdik. Benji aynı şeyi söylerdi. 'Şu adam olabilir, Dobby. Belki de şudur...'

Ona zamanını boşa harcamamasını söyledim. Değmezdi. Beni yanlış anlama. Zenginlerle alıp veremediğim çok şey vardı. Ama Benji gibi değildim.

Sonra annesi fabrikada yaralandı ve Benji ona bakmak için okulu bıraktı. Haksızlığın daniskasıydı. Claire yanlış bir şey yapmamıştı. Üzerinde olduğu iskele çökmüştü ama fabrika ömür boyu sağlık harcamalarını karşılamak zorunda kalmamak için ona karşı bir dava açmıştı. Yürüyemeyecek kadar sakatlandığınızı ve bunun için suçlandığınızı düşünsenize bir. Benji'nin öfkeli olmasına şaşmamalı.

Bir kez onları ziyaret etmek için döndüm. O sırada donanmadaydım ve Claire Teyzem tekerlekli sandalyedeydi; onu son kez hayatta görmüştüm. Benji hâlâ annesinin neden o fabrikada çalıştığını anlatıp duruyordu, onlara bakmakla yükümlü babası nerelerdeydi? Kim olduğunu öğrendiğinde o piçin peşine düşeceğini söyledi. Ama Claire bu sırrı kendisiyle birlikte mezara götürdü."

Dobby duraksadı. "Ya da ben öyle sanmıştım."

LeFleur başını kaldırdı. "Ne?"

"Annem İrlanda'ya dönmüştü. Birkaç sene sonra kanser oldu. Sona yaklaştığı günlerden birinde yanındaydım, bana kimseye söylemeyeceğine dair yemin ettiği şeyi söylediğinde... Benji'nin babasının sadece zengin olmadığını, aynı zamanda çok ünlü bir işadamı olduğunu söyledi. Zavallı Claire de gazetelerde adamla ilgili haberleri okumak zorunda kalmıştı."

Dobby tereddüt etti. "Ve o adam Jason'dı."

LeFleur birkaç kez sertçe gözlerini kırpıştırdı, düşünceler zihnine akın etmişti.

"Lambert?" dedi.

"Hiçbir fikrim yok. Soyadı her neyse annem hatırlamıyordu. Bir ay sonra da vefat etti."

"Öyleyse Benji nasıl..."

"Ben söyledim. Offff!" Dobby adeta hırladı, gözlerini tavana dikti. "Aptal! Aptal! Bazı şeylere kafayı takmıştı. Neden bu kadar fakir olduğuna, neden belini bir türlü doğrultamadığına. Kötü bir haldeydi, ona üzülüyordum. Ama şu iskele babasına tekrar sarmaya başladığında ona durmasını söyledim, o herifi asla bulamayacaktı. Bulsa bile hiçbir şey değişmeyecekti. İşte o zaman annemin bana söylediklerini onunla paylaştım. Ağzımdan kaçıverdi. Söyleyecek bir şey bulamıyormuş gibi bana bakakalmıştı."

"Ne zaman oldu bu?" diye sordu LeFleur.

"*Galaxy*'de çalışmaya başlamasından bir ay önce. Jason Lambert'i araştırmış olmalı. Zengin bir adam? Boston'lı? Adı da uyuyor? Dürüst olmak gerekirse sen bana o satırları okuyana kadar arada bir bağlantı olacağı aklımın ucundan bile geçmemişti. Ama şimdi görüyorum. Çünkü Benji'nin aklı başından gitmişti." Başını ellerinin arasına gömdü. "Tanrım. Şimdi her şey çok mantıklı geliyor."

"Bir saniye. Sence babasına öyle kızgındı ki…"

"Lambert'in onun babası olduğunu söylemedim hiç."

"Jason denen adama öyle kızgındı ki bir tekneyi havaya uçurmaya karar verdi. İntikam için? Hadi ama."

"Anlamıyorsun. Çaresizliği…"

"Peki ya o mayın? Limpet mayının nasıl çalıştığını ona hiç anlatmadın mı yani?"

Dobby iç geçirdi. "Seneler önce. Ona donanmayla ilgili bir hikâye anlatmıştım. Bunu hatırladığına inanamıyorum."

LeFleur silahı tutuşunu düzeltti ve elinin tersiyle alnında biriken teri sildi.

"Fazla mantıklı açıklamalar bunlar."

Dobby bir süre düşündü. "Öyle olmayabilir. Konfabulasyon diye bir şey duydun mu hiç?"

"Hayır."

"Yıllar önce bunu yaşayan bir müzisyenle tanışmıştım. Birinin aslında hayal ettiği bir şeyi gerçek bir anısı sanması gibi bir şey."

"Bana düpedüz yalan söylemekmiş gibi geliyor."

"Ama yalan değil. Kişi, anlattığı şeylerin gerçekliğine inanıyor. Gerçekten kötü bir travma sonrası yaşanabiliyor."

"Bir travma."

"Evet. Sevdiğin birini kaybetmek. Ya da bir tekneden düşüp okyanusta hayatta kalmaya çalışmak gibi. Yaşadığın şeyler, gerçek olmadığını bildiğin şeylere inanmana sebep oluyor.

Benji benimle konuştuğunu söylediği o satırlarda aslında kendi kendine konuşmuş, kendinden şüphe duymuş ve kendine işkence etmiş olmalı."

"Dur bir!" diye araya girdi LeFleur. "Benji'nin bir babası olmadıysa ne olmuş? Birçok çocuk babasız. Bunun bedeli olarak kalkıp bir tekneyi patlatmıyorlar."

Dobby ellerini ensesinde birleştirip bakışların güneş ışınlarına dikti.

"Önemli bir noktayı kaçırıyorsunuz, komiser."

"Hangi nokta?"

"Kime yazıyordu? Bütün bu hikâye kim için yazıldı? Defterin ön kısmında kimin adı yazıyor?"

Dobby gözlerini komisere dikti. "Görmüyor musun? Mesele Jason Lambert değil. Annabelle."

LeFleur gözlerini sıkıca kapattı. Omuzları çöktü.

"Annabelle," diye mırıldandı. "Doğru ya. Peki, nasıl bulacağım onu?"

"Bulamazsın," dedi Dobby. "Annabelle öldü."

On İki

Kara

Dönüş yolunda ikisi de çoğunlukla sessizdi. Güneşin batışıyla yasaklı bölge ürkütücü bir griliğe bürünmüştü. LeFleur, geç saatlerde burada olmaktan hiç hoşlanmazdı. Burası gündüz saatlerinde yeterince ürkütücü bir yerdi.

"Seni gözaltında tutmak zorunda olduğumu biliyorsun," dedi. "Patlama yaşandığında başka bir yerde olduğun ispatlanana kadar."

Dobby pencereden dışarıyı izledi. "Evet, anlıyorum."

"Seni bir şeyle suçlamam gerek."

"Her neyse."

"Seni neyle suçlayayım?"

Dobby, LeFleur'e döndü. "Sen ciddi misin?"

LeFleur omuz silkti.

"Sarhoşken toplum düzenini bozmaya ne dersin?" dedi Dobby uzaklara bakarak. "Olur dersen bunu yapabilirim."

"Tamam."

LeFleur öyle yorgundu ki arabayı sürerken gözlerini açık tutmak için kırpmak zorundaydı. Öğleden sonra yaşadığı adrenalin şimdi uçup gitmişti ve vücudunun içi boşaltılmış gibi hissediyor, direksiyonu tutan elleri titriyordu.

Artık neye inanacağını bilmiyordu. Dobby'nin her şeye bir cevabı vardı ama kendini açıklamadan önce defterden haberi olmuştu. Bu kadar akıllı biri miydi? Böylesine hızlı yalan söyleyebilmesi? Yoksa hayal dünyasında yaşayan Benji miydi? *Galaxy*'nin yerle bir edilmesinden belki de o sorumluydu?

Dobby, Annabelle'den bahsetmişti ancak onun nadir görülen bir kan hastalığından öldüğünü ve Benji'nin tedavisi için para bulmakta zorlandığını söyledikten sonra daha fazla ayrıntı vermemişti. Ona doğrultulan silah sabrını taşırmıştı. "Şüpheli olmadığıma dair yemin edene kadar sana başka hiçbir şey anlatmayacağım. O teknede olmadığımı ispat edebilirim. Beni geri götür ve birkaç arama yapmama izin ver."

LeFleur isteksizce kabul etti. Başka ne seçeneği vardı? İçten içe Dobby'nin doğruyu söylediğini umuyordu. Bu kadar iyi yalan söyleyebilen birine böylesine yakın olmak umurunda değildi.

"Enkazı nasıl bulduğunu hiç anlatmadın," dedi Dobby.

"Ben bulmadım."

"Kim buldu?"

"Bir adam. Aylak biri."

"Nerede o?"

"Herkesin cevabını aradığı soru da bu."

"Bir adı var mıydı?"

"Rom Rush."

Dobby, LeFleur'e döndü. "Rom Rush?"

"Ne?" dedi LeFleur.

Dobby başını salladı. "Tuhaf isimmiş."

"Evet."

Arabanın ön camından LeFleur üzerinde "Volkanik Tehlike Bölgesinden Ayrılıyorsunuz" yazan büyük tabelayı gördü. Bir rahatlama hissetti. Yeniden adanın kuzey tarafına dönmüşlerdi. Yaşayan tarafına.

"Yirmi dakika yolumuz var," dedi.

Dobby, "Yiyecek bir şeyler alabilir miyim?" diye sordu.

"Beni içeri tıkmadan önce."

***

İki saat sonra, Dobby'yi adanın tek hapishanesine bırakmasının ardından LeFleur ofisine döndü ve ışıkları açtı. Yorgunluktan bitap düşmüştü. Defteri evrak çantasından çıkardı ve masasının üstüne koydu. Sonra alnını ellerine dayadı, gözlerini kapadı ve beyninden bir cevap çıkarıp almaya çalışırcasına sertçe ovuşturdu.

Bir sonuç yoktu. Başladığı yere geri dönmüştü. Batmış bir tekne. Keşfedilmiş bir sal. Akıl almaz bir hikâye. Mazereti hazır bir sanık.

Bir içkiye ihtiyacı vardı. Adadaki fabrikadan alıp depoladığı küçük rom şişelerini koyduğu en alt çekmecesini açtı. Asistanı Katrina bu şişeleri düzenli aralıklarla çöpe atardı. Kiliseye giden bir kadın onun işyerinde içki içmesini onaylamazdı ama bunu doğrudan söylemeye cesaret de edemezdi. Bu yüzden LeFleur küçük şişelerden satın alır ve bir süre çekmecesinde saklardı, sonra bir gün yok şişeler yok olurdu ve onları çöpe atanın Katrina olduğunu bilirdi. Bu konuyla ilgili onunla hiç yüzleşmedi. Aralarındaki küçük bir oyundan ibaretti.

Bu sefer alt çekmeceyi açtığında gözüne başka bir şey çarptı. Sol üst köşede bölge pulu olan büyük, kahverengi bir zarf. Zarf mühürlüydü.

Katrina'yı aradı. LeFleur'dan haber aldığı için sesi şaşırmış geliyordu.
"Bütün gün neredeydin?" diye sordu. "İnsanlar seni sordu."
"Evet," dedi. "Bir şeyle ilgilenmem gerekiyordu. Baksana. Masama mühürlü bir zarf bıraktın mı?"
"Ne?"
"Çekmeceme. *Alt* çekmeceme hani?"
"Ah, evet. Geçen hafta şu adam bırakmıştı. Hatırladın mı? Marguerita Koyunda olduğun gün?"
"Rom?"
"Adını bilmiyorum. Bana söylemedi. Beklerken bir zarf istedi, ben de verdim. Tamam demiştin, hatırladın mı? Sonra da sana söylediğim gibi geri döndüğümde adam gitmişti. Ama zarfı basamaklara bırakmış, ben de masana koydum."
"Bana neden söylemedin?"
"Söyledim." Duraksadı. "Söylediğimi *sandım.* Ah, Jarty. Öyle çok şey oluyor ki bugünlerde. Unuttuysam özür dile..."
Fakat LeFleur çoktan telefonu kapatmıştı. Zarfı yırtıp açtığında bir yığın katlanmış kâğıt buldu. Kenarları yıpranmıştı ve el yazısı tanıdıktı. LeFleur bu kâğıtların nereden geldiğini biliyordu.

O kadar hızlı okumaya başlamıştı ki koltuğuna oturduğunu fark etmemişti bile.

Deniz

Canım Annabelle'im.

Son kez affına sığınıyorum. Sana yazmayalı aylar oldu. Hâlâ denizdeyim ama artık savaşta değiliz. Yaşayabilirim. Ölebilirim. Bir önemi yok. Gözümdeki perde kalktı. Artık söylemem gereken her şeyi söyleyebilirim.

Halimi görmen lazım, sevgilim. Benden geriye çok az bir şey kaldı. Kollarım cılızlaştı. Uyluklarım incecik pirzola gibi. Bazı dişlerim döküldü. Eskiden giydiğim giysiler artık her yerine nüfuz etmiş tuzdan oluşan kumaş parçalarına döndü. Artan tek şey köprücük kemiğime doğru uzayan sakallarım.

Atlantik boyunca ne kadar bir mesafe kat ettim bilmiyorum. Bir gece ufukta büyük bir tekne gördüm. Bir işaret fişeği ateşledim. İşe yaramadı. Haftalar sonra bir kargo gemisi gördüm, öyle yakındı ki gövdesindeki renkleri birbirinden ayırt edebiliyordum. Yine bir işaret fişeği ateşledim. Hiçbir işe yaramadı. Kurtuluşun imkânsız olduğunu kabullendim. Çok küçüğüm. Çok önemsiz. Ben salda ilerleyen bir adamım ve eğer hayatta kalacaksam kaderimi akıntılar belirliyor. Dünyadaki bütün okyanuslar birbirine bağlı, Annabelle, bu yüzden belki de gezegenin kesintisiz döngüsü içinde birinden diğerine geçmek vardır kaderimde. Ya da sonunda bir anne ayının, zayıf ve hasta yavrusunu kucaklaması gibi Deniz Ana beni içine alır. Bu sefaletime bir son verir. Belki de benim için en iyisi budur.

Kaderimde her ne varsa olacak olan üç aşağı beş yukarı bu. Hasta ve yaşlılar bazen "Bırakın beni. Tanrı'yla tanışmaya hazırım," derler. Ama böylesi bir teslimiyete lüzum var mı? Ben Tanrı'yla çoktan tanıştım.

***

Bu sayfalara dönüp baktığımda Küçük Alice ile ilk kez konuştuktan sonra yazmayı bıraktığımı fark ettim.

O andan sonra yalnızca karanlığı hatırlıyorum. Kendimden geçmiş olmalıyım. Lambert ve Geri'yi kaybetmenin şaşkınlığı, haftalarca hareketsiz kaldıktan sonra yüzmeye çabalamam... Tüm bunların sonucunda benzinsiz bir depo gibi kalmıştım.

Kendime geldiğimde güneş batmıştı ve gökyüzü akşamın bu saatinde çivit mavisiydi. Alice, ay ışığıyla aydınlanan filikanın kenarında oturuyordu, ince kollarını kucağında kavuşturmuştu. Geri'nin tişörtlerinden birini giyiyordu. Tişört dizlerini geçecek uzunluktaydı. Kâkülleri rüzgârla dalgalanıyordu.

"Alice?" diye fısıldadım.

"Bana neden öyle diyorsun?" dedi.

Sesi çocuksu ama yine de sert ve netti.

"Sana bir isim koymamız gerekiyordu," dedim. "Gerçek adın ne?"

Gülümsedi. "Alice iyidir."

Boğazım kurumuştu. Gözlerim uykudan yapış yapıştı. Başımı çevirip baktığımda boş filika mide bulandırıcı bir kederle doldurdu içimi.

"Herkes gitti."

"Evet," dedi.

"Köpekbalıkları Geri'yi aldı. Onu kurtaramadım. Ve Lambert. Onu da kurtaramadım."

Sudaki o son anları düşündüm. Sonra hatırladım.

"Alice?" dedim dirseklerim üzerinde yükselerek. "Sen... Tanrı olduğunu mu söyledin?"

"Öyleyim."

"Ne demek istiyorsun?"

"Söylediğim gibi."

"Ama sen bir çocuksun."

"Tanrı tüm çocukların içinde değil midir?"

Birkaç kez gözlerimi kırptım. Düşüncelerim sisliydi.

"Bir dakika... O zaman sudan çıkardığımız adam kimdi?"

Cevap vermedi.

"Alice?" Sesimi yükselttim. "O adam neden öldü? Onu taklit mi ediyorsun? Sen gerçekten kimsin? Neden şimdiye kadar konuşmadın?"

Kollarını birbirinden ayırdı, ayağa kalktı ve en ufak bir yalpalama olmadan bana doğru yürüdü. Yanıma çömeldi ve küçük bacaklarını kavuşturdu. Sağ elimi kaldırıp elinin içine yerleştirirken tek kelime etmeden ona baktım.

"Otur benimle, Benjamin," dedi.

Oturduk. Bütün akşam, bütün gece... başka bir kelime etmeden. Konuşamadığımdan değil, Annabelle. Bir anda hevesim kaçmıştı. Kulağa tuhaf geldiğini biliyorum ama içimdeki tüm protesto isteği yok olmuştu. Elini tutmak, kapı mandalını çeviren bir anahtar gibiydi. Bütün vücudum erimişti. Nefesim dinginleşmişti. Dakikalar geçtikçe küçülür gibi oldum. Gökler büyüdü. Parlayan yıldızlar gökyüzünü ele geçirdiğinde gözlerimden yaşlar döküldü.

Güneş ufukta belirene ve her yana saçılan ışınlarını saçana kadar öylece oturduk. Güneşin suda yansımaları, dalgalar boyunca pırlantadan bir yol çizip filikaya uzanıyordu. O anda dünyanın yalnızca sudan ve gökyüzünden ibaret olduğuna, toprağın bir kavram bile olmadığına ve insanın kara üzerinde inşa ettiği her şeyin önemsiz olduğuna inanmak mümkündü. Her şeyden vazgeçmenin ve Tanrı'yla yalnız kalmanın bu demek olduğunu anladım.

Ve Tanrı'yla o an yalnız olduğumu biliyordum.

"Şimdi, Benjamin," dedi Alice yumuşak bir sesle, "bana ne dilersen sorabilirsin."

Sesim, nefes borumun derinliklerinde gömülü gibiydi. Kelimeleri kuyudan çekilen bir kova gibi yukarı çektim.

"Kimdi o adam? Kendine Tanrı diyen adam?"

"Bir melek. Sizinle onun vasıtasıyla konuştum."

"Neden su ve yiyecek istedi?"

"Paylaşıp paylaşmayacağınızı görmek için."

"Neden o kadar sessizdi?"

"Dinleyecek misiniz görmek için."

Uzaklara baktım. "Lambert onu öldürdü."

"Öldürdü mü gerçekten?" dedi.

Arkamı döndüm. Yüzünde sakin bir ifade vardı. Güçlükle yutkundum. Bir sonraki soruyu sormak istediğimden emin değildim ama bunu yapmam gerektiğini biliyordum.

"Jason Lambert benim babam mıydı?"

Başını hayır anlamında salladı.

Bir anda duygularımın ağırlığı altında ezildim. O adama karşı beslediğim nefret, onun yüzünden dünyaya yönelttiğim öfkem... Hepsi bir anda, mideme durmaksızın indirilen yumrukların ardından, vücudumdan fışkırıyormuş gibiydi. Nasıl da yanılmıştım! Öfkemi nasıl da yanlış yere yönlendirmiştim! Yumruklarımı filikanın ıslak zeminine geçirdim ve ruhumun derinliklerine varıncaya kadar acıyla inledim. Seni kaybettiğimden beri her dakika hayatımı yönlendiren o sorunun sırası işte gelmişti.

Gözlerimi Alice'e diktim ve sordum.

"Karım neden ölmek zorundaydı ki?"

***

Bunu sormamı bekliyormuşçasına başını salladı. Diğer elini avucumun üzerine koydu.

"Biri öldüğünde, Benjamin, insanlar hep 'Tanrı onu neden bizden aldı?' diye sorar. Aslında sormaları gereken şu: 'Tanrı onu bizimle neden kavuşturdu?' Onun sevgisini, neşesini, paylaştığımız o tatlı anları hak edecek ne yaptık? Sen de Annabelle ile böyle anlar paylaşmadın mı?"

"Hem de her gün," diye fısıldadım.

"Bu anlar birer lütuftur. Ama sonu geldiğinde bu ceza demek değildir. Ben hiç acımasız olmadım, Benjamin. Seni, sen daha doğmadan tanıyordum. Öldükten sonra da tanıyacağım. Seninle ilgili planlarım yalnızca bu dünyayla sınırlı değil.

Başlangıç ve son, bu dünyaya ait kavramlar. Ben devam ederim. Ben devam ettikçe sen de benimle gelirsin. Kaybetme hissi, bu dünyada olma nedeninin bir parçası. O his sayesinde insan varoluşunun kısa süren lütfunu takdir ediyor ve sizin için yarattığım dünyaya değer vermeyi öğreniyorsunuz. Ancak insan

bedeni kalıcı değildir. Öyle olması hiçbir zaman amaçlanmadı. Bu armağan, ruha ait.
Döktüğün gözyaşlarını biliyorum, Benjamin. İnsanlar bu dünyayı terk ettiklerinde sevdikleri hep ağlar." Gülümsedi. "Ama inan bana, bu dünyadan göç edenler hiç ağlamıyor."
Bir elini kaldırıp yukarıyı işaret etti. Ve o anda Annabelle, tarifi imkânsız; gökyüzü bir kenara kaymış gibiydi, atmosferin mavi yansıması kelimelerle anlatamayacağım kadar parlak bir ışığa büründü. O ışıkta, gökyüzündeki yıldızlardan daha çok ruhun barındığını gördüm. Bir şekilde her birinin yüzündeki mutlu ifadeyi görebiliyordum. O yüzlerin arasında sevgili annemi gördüm.
Ve seni gördüm.
Başka hiçbir şeye lüzum yoktu.

Kara

Daha fazla sayfa vardı ama LeFleur okumayı bıraktı. Sayfaları çantasına tıktı ve ofisten dışarı koştururcasına çıkarken gözyaşlarını sildi.

Eve gidene kadar titredi. Sarı eve girdi ve koşarak merdivenleri çıktı. Elini kızının odasının kapı koluna koydu ve dört yıl üzerine odanın kapısını açtı. Orada durup küçük yatağa ve tavana çizdiği pembe yıldızlara bakarken Patrice arkasında belirdi ve "Jarty? Neler oluyor?" dedi.

Döndü ve Patrice'e sıkıca sarıldı. Derin bir nefes alarak fısıldadı, "Lilly iyi. O iyi. Güvende." Patrice de ağlamaya başladı.

"Biliyorum, aşkım. İyi olduğunu biliyorum."

Birbirlerine sımsıkı sarıldılar ve hatırlayamadıkları kadar uzun bir süre boyunca öyle kaldılar. Bir kez bile uyanmadan uyudular o gece. Ve ertesi sabah LeFleur gözlerini açtığında çok uzun zamandır hissetmediği bir şey hissetti.

Huzur.

Haberler

HABER SUNUCUSU: *Bu akşam Galaxy'nin aranmasıyla ilgili çarpıcı bir gelişme ile karşınızdayız. Muhabirimiz Tyler Brewer keşif gemisi İlyada'dan bildiriyor.*

MUHABİR: *Aynen öyle, Jim. Bir keşif yapıldı. Araştırmacılar, beş millik "arama kutusunun" uzak ucunda, yaklaşık üç mil aşağıda okyanus tabanında büyük bir enkaza rastladılar. Yan yatmış gibi görünüyor. Nesser Okyanus Araştırmaları'ndan Ali Nesser, gemide 'çevrimdışı oda' denen yerde bizimle birlikte. Bay Nesser, ne görüyorsunuz?*

ALİ NESSER: *Dün gece geç saatlerde sonar sistemimiz deniz tabanında büyük bir kütle tespit etti. Veriler, yaklaşık olarak Galaxy büyüklüğünde bir gemi olduğunu gösteriyor ki bu sayede onu bulduğumuza dair güçlü bir tahminde bulunduk. Ardından enkazı fotoğraflamak için Uzaktan Kumandalı*

Aracı ya da diğer adıyla UKA'yı gönderdik. Görüntüler arkamda bulunan ekrana geldi, verileri analiz ediyoruz.

MUHABİR: *Veriler bize ne gösteriyor?*

ALI NESSER: *Açıkçası aşağısı zifiri karanlık, yani elde ettiğimiz her şey UKA'nın ışığıyla aydınlatılmış. Yine de bulunan enkazın Galaxy olduğundan eminiz. Üzerindeki işaretler görülebiliyor. Galaxy, oldukça eşsiz bir tekneydi.*

MUHABİR: *Galaxy'nin batmasına neyin sebep olduğunu belirleyebilir misiniz?*

ALI NESSER: *Elimizde daha çok veri olana kadar kimse bu konuda spekülasyona yol açmamalı. Ancak bu görüntüler bize oldukça fazla şey gösteriyor. Gövdeye bakın. Hafif fiberglastan yapılma, bu da onu hasara karşı dayanıksız hale getiriyor.*

MUHABİR: *Hasar derken gördüğümüz şu delikten mi bahsediyorsunuz?*

ALI NESSER: *Burası sadece pruva. Makine dairesinin bulunduğu kıç tarafındaki şu görüntüye bakın.*

MUHABİR: *Bu delikler daha da büyük.*

ALI NESSER: *Doğru. Her ne olduysa bir kere olmadı. Tek bir delik yoktu. Üç taneydi.*

On Üç

Deniz

Bunlar benim son sözlerim, sevgilim. Artık hep yanımda olduğunu biliyorum. Seni sadece hayal ederek bile aklımdan geçenleri seninle paylaşabilirim. Fakat birinin bu defteri bulma ihtimaline karşı hikâyemin nasıl bittiğini bilmelerini ve belki de bütün bunların bir anlamı olup olmadığına karar vermelerini istiyorum.

Alice'in göğü bana açtığı günün ertesinde yağmur yağdı ve çabalamak için çok depresif ya da tükenmiş hissettiğim işleri yapabilmeme yetecek kadar içilebilir su biriktirebildik. Kırık güneş enerjisi sistemini inceledim ve deliği kapatmak için saldaki yama tamir aletlerini kullandım. Sıcak güneşin plastiği yakmasıyla yoğuşma oluştu ve nihayet birikme bölgesinde içme suyu birikmeye başladı. Buna ek olarak acil durum çantasındaki oltayı kullandım ve o gece *Galaxy*'de Bayan Laghari'den alıp pantolonumun cebine koyduğum küpelerden birinden kanca yaptım. Bir düğüm atıp tutturdum, kürek gibi sapını tuttum, ipi salın kenarından denize attım ve saatlerce bekledim. Hiçbir şey olmadı. Ama ertesi sabah erkenden tekrar denedim ve bu sefer küçük bir kamerbalığı yakalayabildim. Çoğunu yedim, yem için etinden biraz ayırdım ve ertesi gün bu yemle bir yunus yakalamayı başardım. Balığın etini parçalara ayırdım ve kanopinin bir ucundan diğer ucuna gerdiğim ipe dizdim. Yaptığım şey ilkel balıkçılıktı ama yeni bulduğum beslenme biçimi bana keskin bir odaklanma gücü sağlamıştı. Beynimin canlandığını hissettim.

O zamandan beri ufak bir balık ve içme suyu stoğu oluşturabildim. En büyük düşmanım yalnızlıktı ama yanımda Alice varken bu hissi kendimden uzak tutuyordum. Alice'le birçok şey hakkında sohbet ettik. Yine de derinlerde bir yerde, *Galaxy*'nin son bulmasındaki rolümle ilgili gerçeği ondan sakladığımı biliyordum, tıpkı senden de sakladığım gibi. Ölülere ya da Tanrı'ya yalan söylemenin anlamsız olduğunu biliyorum. Ama bunu yine de yaparız. Belki de Tanrı nerede olursa olsun, utanç verici davranışlarımızı bağışlar diye umuyoruzdur. Ama ne olursa olsun, gerçek zamanla ortaya çıkar. Keder öfkeye, öfke suçluluk hissine, suçluluk da itirafa yol açar.

Nihayet bir gün uyandığımda okyanus bir su birikintisi kadar durgundu. Güneşe karşı gözlerimi kırpıştırdım. Alice tam karşımda duruyordu.

"Suya gir," dedi.

"Neden?"

"Vakti geldi."

Anlamamıştım. Buna rağmen yerden yükseldiğimi hissettim.

"Bunu yanında götür," dedi.

Aşağı baktım. Gözlerim aniden açıldı. Her nasıl olduysa, orada, salın ortasında o yeşil limpet mayını vardı. İnternette tanıştığım bir adamdan satın aldığımda nasılsa aynen öyle görünüyordu. Onunla bir tekne deposunda buluşmuştum. Alışverişimiz on dakikadan kısa sürmüştü. Mayını, *Galaxy*'ye taşıdığım bir davul çantasına saklamıştım.

"Al," dedi Alice. "Ve sakın bırakma."

Karşı çıkmak istiyordum ama bedenim kendi karar veremiyordu. Mayını kaldırdım, metal kenarlarını çıplak tenimde hissettim ve bana söyleneni yaptım.

Suya çarptığımda suyun soğukluğu her yanımı sardı ve mayının ağırlığı beni hızlıca batırdı. Gittikçe daha derine indim. Gözlerimi kapadım, bunun kefaretim olduğundan emindim. Benim yüzümden ölen diğer herkes gibi ben de denizin dibinde ölecektim. Ne ekersen onu biçersin. Tanrı'nın şaşmaz adaleti.

Su koyulaştıkça vücudumun nefes almak, kanımda biriken karbondioksiti dışarı atmak için haykırdığını hissettim. Birkaç saniye içinde fani bedenim teslim olacaktı. Ciğerlerim suyla dolacak, beynimdeki oksijen bitecek ve ölümüm gerçekleşecekti.

Fakat o anda, Annabelle, üzerimde yeni bir şeylerin dolaştığını hissettim. Özgürleştirici bir şeydi. Yaşananlardan ve yaptığım onca şeyden sonra bunu adil bir son olarak kabullendim çünkü dünya benim için adil bir yerdi. Bu sayede Tanrı'nın ya da küçük Alice'in ya da hesap verdiğimiz o güç her neyse onun, kaderimi adil olarak belirlediğini anladım.

İnandım. Ve bu inanç beni kurtardı.

Tam da Tanrı'nın vaat ettiği gibi.

Bir anda ellerim bomboş kaldı. Mayın yok olmuştu. Üstümde parlak ışıklardan oluşan muhteşem bir çember gördüm, o çemberin içinden de tüm gökyüzünü ve güneşi. Güneş, kirpi dikenleri gibi ışınlar saçıyordu. Bedenim o çemberin merkezine doğru çekilmeye başladı. Benim bir şey yapmama gerek yoktu. Yükseldikçe, ölmenin tam da böyle bir şey olduğundan emin oldum ve gördüm ki bunda korkulacak bir şey yokmuş. Tanrı haklıydı. Dünyadaki mavi suların altından görülebilen havada asılı bir cennet bizi bekliyordu. Dünya ne muhteşem yerdi...

***

Dakikalar sonra nefes nefese kalmış bir şekilde sudan fırladım. Filikayı gördüm, yaklaşık yirmi metre ötedeydi. Küçük Alice'in kollarını salladığını gördüm. "Buradayım!" diye bağırıyordu. "Buraya bak!" Ve bu sesi daha önce, *Galaxy*'nin battığı gece elinde el feneri olan birinden duymuş olduğumu fark ettim. Merdivene ulaştığımda Alice filikaya çıkmama yardım etti. Konuşmaya çalışırken hava yutuyordum.

"O gece... filikadaki sendin... beni sen kurtardın..."

"Evet."

Dizlerimin üzerine çöktüm ve her şeyi itiraf ettim. "O bombayı tekneye ben getirdim, Alice... Bunu yapan bendim. Dobby değil. Tekneyi patlatmayı ben planladım. Hepsi benim suçum."

Sözcükler ağzımdan tahmin ettiğimden daha kolay dökülüyordu, tıpkı sallanan bir dişin saatler boyu ağrı yapmasının ardından aniden dilinin üzerine düşüvermesi gibiydi.

"Kızgındım. Jason Lambert'i babam sanıyordum. Anneme ve bana affedilemeyecek şeyler yaptığını düşünüyordum. Acı çekmesini istiyordum.

Karımı, dünya üzerinde benim için kıymetli tek varlığımı kaybetmiştim. Tedavi masraflarını karşılayamadım. Çok paraya ihtiyacım vardı, benim hiç sahip olmadığım ama diğerlerinin olduğu kadar çok paraya. Kendimi suçladım. Her şey çok adaletsiz görünüyordu. Yaşadığım tüm acıların intikamını almak istiyordum. Jason Lambert'in de benim kadar çok şey kaybetmesini istiyordum."

"Hayatını."

"Evet."

"Onun hayatını almak senin vazifen değildi."

"Bunu şimdi anlıyorum," dedim bakışlarımı aşağı indirerek.

"Fakat..." Tereddüt ettim. "Bu yüzden başladığım işi bitirme-

dim. O mayını patlatmadım. Saklamıştım. Lütfen inan bana. Başka biri patlatmış olmalı. Açıklayamıyorum. Patlama olduğundan beri işkenceler içindeyim. Üzgünüm. Çok üzgünüm. Biliyorum hata bende..."
Ağlamaya başladım. Alice nazikçe başıma dokundu, sonra ayağa kalktı.
"Galaxy'de o gece en son ne yaptığını hatırlıyor musun?" diye sordu.
Gözlerimi kapadım. Kendimi güvertede geçirdiğim o son saniyelerde hayal ettim. Yağmur yağıyordu, dirseklerimi tırabzanlara dayamıştım. Başım eğikti, karanlık dalgalara bakıyordum. Korkunç bir andı. Seni nasıl hayal kırıklığına uğrattığımı düşünüyordum Annabelle; yaşadığım keder yüzünden işlemeye hazır olduğum dehşet ile ne kadar da zavallı ve boş bir adam haline geldiğimi düşünüyordum.
"Benjamin?" diye sordu Alice tekrar. "En son ne yaptın?"
Gözlerim transtan çıkmış gibi yavaşça açıldı. Gözlerimden süzülen yaşlarla gerçeği sonunda itiraf ettim. Senden, Alice'ten, kendimden bunca zamandır sakladığım sözleri fısıldadım.
"Atladım."

★★★

Tekrar konuşmadan önce uzun bir süre geçmiş gibiydi. Alice, ellerini çenesinin altında birbirine kenetlemişti.
"Daha fazla yaşamak istemiyordum," diye fısıldadım.
"Biliyorum. Seni duydum."
"Nasıl? Hiç konuşmadım ki."
"Umutsuzluğun kendi sesi vardır. Başka hiçbir şeye benzemeyen bir yakarıştır."
Kendimden utanarak yere baktım. "Bir önemi yok. Bir şekilde Galaxy patladı. Makine odasından duman geldiğini gördüm. Batışını gördüm. Ben yapmadım ama yine de benim suçum."

Alice filikanın arka kısmına yürüdü. Hiç tereddüt etmeden kenarına bir adım attı. Sonra bana döndü.

"Başını yerden kaldır, Benjamin. Bunun sorumlusu sen değilsin."

Yavaşça gözlerimi yerden kaldırdım.

"Bir saniye... Ne demek istiyorsun?"

"Mayın patlamadı."

"Anlamıyorum. O zaman tekneyi yok eden şey neydi?"

Bakışlarını derinlere çevirdi. Aniden üç büyük balina sudan fırladı, yüzgeçleri bir uçağın kanatları gibi uzanıyordu; devasa kömür rengi gövdeleriyle bu dünyada şimdiye kadar tanık olduğum en büyük yaratıklardı. Bedenleri suya çarptığında püskürttükleri su havada yükseldi ve üzerimizi deniz suyuyla kapladı.

"Bunlardı."

★★★

Dakikalar sonra gökyüzü ışıldamaya başladı. Hava duruldu. Bir şekilde Alice'le olan zamanımızın sonuna geldiğimizi hissettim.

"Alice," dedim çekinerek. "Ben şimdi ne yapacağım?"

"Kendini bağışla," dedi. "Sonra da bu merhameti benim gücümü yaymak için kullan."

"Nasıl yapacağım bunu?"

"Bu yolculuktan sağ çıkmaya çalış. Kurtulduğunda umutsuzluk içinde acı çeken başka bir ruh bul. Ve ona yardım et."

Küçük ayaklarını yerden kesmeden filikanın kenarında döndü. Sonra kollarını önünde kavuşturdu.

"Bekle," diye seslendim. "Beni bırakma."

Komik bir şey söylemişim gibi gülümsedi. "Seni asla bırakamam."

Bunu söylemesinin ardından yere çöktüm ve ellerim filikanın ıslak zeminine çarptı. O anda tam bir teslimiyet içindeydim.

Alice bana son bir kez baktı ve senin, Annabelle, sık sık söylediğin sözleri tekrarladı.

"Hepimizin tutunacak bir şeye ihtiyacı var, Benjamin," dedi. "Bana tutun."

Filikadan düştüğünde suda tek bir damla sıçrama olmadı. Kenara koştum. Mavi sudan başka hiçbir şey görmedim.

Haberler

HABER SUNUCUSU: *Bu gece bültenimize bir yıldan uzun bir süre önce batan Galaxy yatının tuhaf destanıyla ilgili şaşırtıcı gelişmelerle başlıyoruz. Tyler Brewer, Cape Verde adasından bildiriyor.*
MUHABİR: *Teşekkürler, Jim. Geçen hafta İlyada'dan gönderilen robot sondası Galaxy'nin enkazına geri döndü ve bu sefer bir tost makinesi büyüklüğünde daha küçük bir kamera yerleştirdi. Bu cihaz, parçalanmış gövdesinden batık tekneye girmeyi ve içeriden net görüntüler göndermeyi başardı.*
HABER SUNUCUSU: *Ve bu görüntüler bugün mü yayınlandı?*
MUHABİR: *Evet. İlk bulgulara göre "yatın dış bölgesinde tekrar eden darbelerin" üç büyük delik oluşturduğu ve bunlardan birinin makine dairesini etkilediği, bunun sonucunda*

muhtemelen su basmasına ve teknenin batışını hızlandıran bir patlamaya neden olduğu iddia ediliyor. Bunun bir füze saldırısı olduğuna inanılmıyor çünkü gövdedeki delikler bu tür bir saldırıyla eşleşmiyor. Bir biliminsanı, belki de teknede çalınan yüksek sesli müzikten rahatsız olan balinaların suçlu olabileceğini, zira balinaların bu tür sebeplerle ara sıra gemilere saldırmalarıyla bilindiğini ileri sürdü. Ayrıca teknenin alt kısmı da kırmızıya boyalıydı ki bu renk de devasa canlıları kendine çeker.

HABER SUNUCUSU: *Peki ya yolcular? Ya da denizcilik dilindeki tabiriyle teknedeki 'ruhlar'? Bu konuda bize ne söyleyebilirsin?*

MUHABİR: *Senin de hatırlayacağın gibi Jim, o geceye ait elde ettiğimiz görüntülere göre patlama sırasında yağmur fırtınası yüzünden konukların çoğu ikinci kattaki küçük bir davet salonunda Fashion X'i dinliyordu. Sondadan alınan görüntülere dayanarak birçoğunun o davet salonunda öldüğü söylenebilir. Onlardan geriye kalanlar görülebiliyor ve sayılabiliyor. Tabii Galaxy'deki tüm yolcular hayatını kaybetti ve yolcuları tekneye bırakıp götüren helikopterler teknede kaç kişinin olduğunu hesaplamayı imkânsız kılıyor. Ancak Sextant'tan bir sözcü bize "Tespit edilen cesetlerin sayısı, teknede olduğuna inandığımız insan sayısına yakın," açıklamasında bulundu.*

HABER SUNUCUSU: *Yani birinin kaçmış ya da hayatta kalmış olması imkânsız mı?*

MUHABİR: *Öyle görünüyor.*

Epilog

Epilog

Kara

LeFleur ve Dobby, Montserrat havaalanının küçük terminalinin dışında park ettikleri araçta oturuyordu. Alandaki tek piste mavi-beyaz pervaneli bir jet iniyordu.

"Sanırım buraya kadarmış," dedi Dobby kapı koluna uzanarak.

"Bekle," dedi LeFleur, "bence bu sende kalmalı."

Torpido gözünü açıp plastik poşeti çıkardı. İçinde sonradan eklediği katlanmış sayfalar ve not defteri vardı. Dobby'ye uzattı.

"Emin misin?" dedi Dobby.

"O senin ailenden biriydi."

Dobby poşete baktı. Gözlerini kıstı. "Bu, benim başımı belaya sokmaz, değil mi?"

"Varlığı bilinmiyor," dedi LeFleur. "Her neyse, sen zaten tekneye hiç binmedin bile. Ve tekneyi batıran şey bir mayın değildi. Aslında kimsenin suçu değildi."

"Tanrı'nın işi ha?"

"Sanırım."

Dobby başını kaşıdı. "Benji gerçekten berbat bir haldeydi. Ama yine de benim kardeşim gibiydi. Onu çok özlüyorum." Duraksadı. "Sence Benji nasıl öldü?"

"Söylemesi zor," diye cevap verdi LeFleur. "Fırtına? Başka bir köpekbalığı saldırısı daha? Belki de pes etmiştir. O kadar uzun bir süre tek başına hayatta kalmak zordur."

Dobby kapıyı açtı. "Beni o salı bulduğun yere hiç götürmedin biliyorsun değil mi?"

LeFleur, "Bir kumsal işte," dedi. "Buradan çok uzak değil. Marguerita koyu."

"Belki bir dahaki gelişimde," diye takıldı Dobby.

"Evet," dedi LeFleur. Dobby'nin yüzünü, gözlerinin kenarındaki kaz ayaklarını, tel tel saçlarını, solgun tenini inceledi. Yine siyah kot pantolonunu ve çizmelerini giymişti, hayatına dönmeye hazırdı.

"Sana dün yaşattıklarım için özür dilerim," dedi LeFleur.

"Sanmıştım ki... neyse, biliyorsun işte."

Dobby hafifçe başını salladı. "İkimiz de kaybettiklerimizin yasını tutuyoruz, komiser."

"Jarty."

"Jarty," diye tekrarladı Dobby gülümseyerek. Arabadan indi, bir adım attı, sonra arkasını döndü. "İsimlerden bahsetmişken, sanırım Rum Rosh'tu."

"Ne?"

"Rum Rosh. Mezmurların İbranice orijinalinde geçiyor. 'Tanrı gözümü açtı,' demek. Çocukken öğrenmiştim. İrlandalılar ve kilise olayları, bilirsin."

LeFleur ona baktı. "Ne demek istiyorsun?"

"Sanırım o salı bulan her kimse arkandan bayağı güldü, Jarty."

Çantasını omzuna attı ve terminale girdi.

***

LeFleur, Dobby'nin söylediklerini düşünerek ofise döndü. Rom'la tanıştığı ilk günü ve Marguerita koyuna yaptıkları yolculuğu düşündü. Rom, LeFleur'ün salı tek başına incelemesine izin vermişti. Ve LeFleur ona her baktığında, Rom sanki burayı daha önce hiç görmemişçesine tepelere bakıyor, gözlerini kaçırıyordu.

Ama burayı daha önce *görmüştü*. Aksi halde orayı nasıl tarif edebilirdi? Ve Marguerita koyuna ulaşmak kolay değildi; gözetleme noktasına park etmek ve o yolda aşağı doğru yürümek gerekiyordu. Gençler sık sık orada takılır, sigara ve içki içerdi çünkü birinin geldiğini gördüklerinde kolayca saklanabilirlerdi...

LeFleur frene asıldı ve arabasını aksi yöne döndürdü. Yirmi dakika sonra suya inen o yolda hızlı adımlarla yürüyordu. Sahile vardığında ayakkabılarını çıkardı ve ıslak kumsal boyunca ayaklarına çarpan suyu sıçratarak yürüdü. Gökyüzü bulutsuzdu ve deniz turkuvaz mavisine bürünmüştü. Büyük bir kayalığın köşesini döndü, küçük dalgalar kırılıp geri çekilmeden önce bacaklarına çarparken uzakta bir yerde, avuçlarına yaslanmış halde oturan sakallı, ince bedenli birini gördü.

Adam başını ona çevirene kadar LeFleur birkaç adım yaklaştı.

"Rom?"

"Merhaba, komiserim."

"Bir sürü insan seni arıyor."

Adam hiçbir şey söylemedi. LeFleur yanına çömeldi.

"Ne zamandır bu adadasın? Doğru söyle."

"Bir süredir."

"O sal, sen karakola gelmeden çok önce buradaydı."

"Doğru."

"O defteri bulacağımı biliyordun, değil mi? Sen zaten okumuştun."

"Evet."

"Ve zarfın içinde bana o kâğıtları sen bıraktın."

"Bıraktım."

LeFleur dudaklarını büzdü. "Neden?"

"Size yardımcı olabileceklerini düşündüm." Rom ona doğru döndü. "Oldular mı?"

"Evet," diye iç geçirdi LeFleur. "Aslına bakarsan oldular." Duraksadı, Rom'un ifadesini inceledi. "Ama onlara ihtiyacım olacağını nasıl bildin?"

"İlk tanıştığımız zaman. Ailenizin fotoğrafı. Eşiniz. Küçük kızınız. Gözlerinizdeki acıyı gördüm. O fotoğraftan birini kaybettiğinizi anladım."

LeFleur homurdandı. Rom ellerini kumda gezdiriyordu.

"Okuduğunuz hikâyeye inandınız mı komiserim?"

"Bazı yerlerine."

"Hangi kısmına?"

"Yani işte. Benji'nin o salda olduğuna inanıyorum."

"Sadece onun mu?"

LeFleur düşündü. "Hayır. O tek değildi."

Rom parmaklarını oynattı ve küçük bir yengeç çıkardı. Yengeci havaya kaldırdı. "Bir yengecin ölmeden önce kabuğundan otuz kere kaçacağını biliyor muydunuz?" Denize baktı. "Bu dünya yorucu bir yer olabilir, komiserim. Bazen olduğunuz gibi yaşamak için eskiden olduğunuz kişiyi silip atmanız gerekir."

"Bu yüzden mi adını değiştirdin?" diye sordu LeFleur. "Rum Rosh? 'Tanrı gözünü açtı'?"

Adam gülümsedi ama yüzünü LeFleur'ün tarafına çevirmedi. LeFleur yakıcı güneşi ensesinde hissediyordu. Boş, mavi ufka baktı. Cape Verde'den buraya binlerce mil mesafe vardı.

"Nasıl yaptın, Benji? Tek başına onca yol nasıl hayatta kaldın?"

"Hiç yalnız olmadım ki," dedi adam.

***

Zamanla Montserrat iyiden iyiye sessizleşti. Gazeteciler kasabayı terk etti. Kıyıdaki sal, Boston'da bir laboratuvara gönderildi. Emniyet müdürü Leonard Sprague, medyanın gösterdiği ilginin adaya gelen turist sayısını artırmaması karşısında hayal kırıklığına uğramıştı.

TV muhabiri Tyler Brewer, *Galaxy* ile ilgili kapsamlı haberciliğiyle bir ödül kazandı, sonrasında başka haberlerin peşine düştü. Analistler batmanın ihmalden değil, kırılgan gövdede delikler açan ve makine dairesinde korkunç bir patlamaya neden olan bir memeli saldırısından kaynaklandığı sonucuna vardıktan sonra, yatı sigortalayan şirket büyük bir tazminat ödemek zorunda kaldı.

Denizde hayatını kaybedenlerin aileleri, sevdiklerinin son istirahat yerini bildikleri için bir tür rahatlama hissetmişlerdi. İlerleyen haftalarda bu ailelerden birkaçı alışılmadık mektuplar aldı. Nevin Campbell'in en küçük oğlu Alexander Campbell, babasının onunla daha fazla zaman geçirmediği için pişmanlık duyduğunu belirten isimsiz bir mektup aldı. Bayan Latha Lagari'nin kocası Dev Bhatt'a içinde bir çift küpe olan bir zarf ulaştı.

Altı ay sonra Jarty LeFleur ve Patrice doktora gittiler ve Patrice'in hamile olduğunu öğrendiler. Patrice "Ciddi misin?" dedi, sonra gözyaşlarına boğuldu ve ağzı mutlu bir şaşkınlıkla açılan kocasına sarıldı.

Ve bundan kısa bir süre sonra Marguerita koyunun yukarısındaki gözetleme noktasına kiralık bir araba yanaştı. Siyah kot pantolonlu ve çizmeli bir adam, elinde yırtık pırtık bir defterle sahile indi. Ona doğru yürüyen zayıf adamı gördüğünde uzun zamandır hasretle beklenen kucaklaşmayla sarılana kadar, ikisi de birbirlerinin adını seslenerek birbirine doğru koşmaya başladı.

Nihayetinde, deniz ve kara ile bu ikisi arasında yaşananlarla ilgili haberler vardır. Haberleri yaymak için birbirimize hikâyeler anlatırız. Bazen bu hikâyeler hayatta kalmakla ilgilidir. Ve bazen, tıpkı Tanrı'nın varlığına inanmak gibi, bu hikâyelere inanmak güçtür. Ta ki inanç onları inanılabilir kılana kadar.

Teşekkür

Öncelikle, hikâyelerime zaman ayırdığınız için siz sevgili okurlarıma teşekkür etmek isterim. *Filikadaki Yabancı* size her zaman rehberlik etsin, ilham versin ve ışığı üzerinizde parlasın.

Sonra, bu bir kurgu eser olmasına rağmen okyanus sahnelerini olabildiğince inandırıcı kılmak için gerçek hayattan yardımlar aldım. Bu yüzden Jo-Ann Barnas'a olağanüstü araştırmaları için teşekkür ediyorum ve onun çabaları sayesinde ulaştığım *Cruise World* editörü Mark Pillsbury'ye ve deniz operasyonları müdürü A. J. Barnas'a teşekkür ederim.

(Gerçek) Ali Nesser'a dikkatli okumaları ve gemi enkazı kurtarma alanındaki uzmanlığı için ayrıca teşekkür ederim. Ayrıca, bu kitapla doğrudan etkili olmasa da Albert Lewis, Henry Covington, David Wolpe, Steve Lindemann ve Yonel Ismael de dahil olmak üzere konuyla ilgili düşüncelerimi etkileyen birçok ilham verici isme teşekkür etmek istiyorum.

Çalışmama yardım eden ve hayali cankurtaran salları yaratmama yardımcı olan bir ekibim var ve onlara bana sundukları bu nimetler için teşekkür etmek isterim: Rosey, Michael, Kerri, Vince, Rick ve Trish.

Her zaman olduğu gibi (daha yabancının kim olduğunu öğrenmeden çok önce) bu fikre hemen ışık tutan editörüm, muhteşem insan Karen Rinaldi'ye ve yazdığım tüm kitapların özel olduğunu hissettiren, uzun zamandır menajerliğimi yapan David Black'e teşekkür ederim.

Jonathan Burnham, Doug Jones, Leah Wasielewski, Tom Hopke, Haley Swanson, Rebecca Holland, Viviana Moreno ve kitaplarımı dünyayla buluşturmak için çok çalışan Leslie Cohen de dahil olmak üzere Harper'da çalışmamı destekleyen herkese eşit derecede minnettarım. Ve bir kez daha unutulmaz kapaklarımdan birini tasarladığı için Milan Bozic'e teşekkür ederim.

Ayla Zuraw Friedland, Rachel Ludwig dahil olmak üzere Black Inc'de çalışan tüm o iyi insanlara, hikâyelerimi dünyaya getiren ve okurların görüşlerini benimle paylaşan eşsiz Susan Raihoffer'a teşekkürler.

Beni dijital evrene bağlı tutan Antonella Iannarino'ya ayrıca teşekkür ederim. Ve hikâyelerimi her yerden okurlarla buluşturmanın yeni yollarını bulan Ashley Sandberg'e teşekkürler.

Bu kitabın ilk okurları Haiti, Port-au-Prince'deki Have Faith Haiti Yetimhanesi'ndeki gençlerdi ve onlara kayda değer katkıları için teşekkür ederim. Bitmek bilmeyen inançlarına her gün hayret ediyorum.

Ve sizi siz yapan şey aileniz olduğu için maalesef bu son kitabımı okuyamayacak olsalar da annem ve babam Ira ile Rhoda

Albom'a, kız kardeşim Cara'ya, erkek kardeşim Peter'a, onların eşlerine, sevgili yeğenlerime ve kuzenlerime, kayınpederim ve kayınvalidem Tony ile Maureen'e teşekkür ederim.

Nihayetinde bütün hikâyelerimizin sonunda sevdiğimiz kişi vardır ve benim hikâyemin sonunda da her zaman Janine var.

Nemesis Kitap YouTube kanalımızı yukarıdaki
QR kodunu okutarak ziyaret edebilirsiniz.